"명백히 웃을 만한 이야기인데도 아무도 웃을 수 없었다.
그런 일들이 있다. 슬픔을 봉인한 채로
우스꽝스러워진 이야기들."

메리 소이 이야기

송미경 장편소설

메리 소이 이야기

송미경 장편소설

읻다

차례

1장

메리 소이

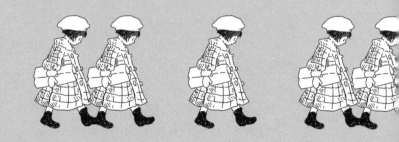

빗방울이 미사엘의 눈꺼풀 위로 뚝 떨어졌다. 그러자 미사엘이 오랫동안 감고 있던 왼쪽 눈을 떴다. 빗방울이 미사엘의 왼쪽 눈동자 위로 뚝 떨어졌다. 그러자 미사엘이 왼쪽 눈을 다시 감으며 눈물을 흘렸다. 눈 깜빡이 인형은 울지 못한다.

*

나는 거실의 발코니 창을 열고 미사엘을 들고 있던 팔을 밖으로 뻗었다. 미사엘에게 비가 내리기 시작한

2월의 하늘을 보여주고 싶어서였다. 미사엘은 눈 깜빡이 인형이지만 너무 오랜 세월 눈을 깜빡인 탓에 내가 중학생이 되었을 무렵엔 하루의 대부분을 왼쪽 눈을 감고 있었다.

미사엘이 두 눈을 감고 있던 그때, 문 두드리는 소리가 났다.

우리 집 현관엔 '벨 고장, 문을 두드려주세요'라는 팻말이 붙은 지 꽤 오래된 상태였다. 벨이 고장 났고 아무도 그걸 고칠 생각이 없었기 때문이다.

"엄마, 누가 왔어요!"

엄마가 문을 열자 문 앞에 빨간 코트에 흰 베레모를 쓴 여자가 서 있었다.

"저는 소이예요. 언니가 찾던 바로 그 메리 소이."

그렇게 해서 첫 번째 메리 소이가 우리 집에 왔다. 당신은 이 문장 때문에 그 뒤로도 우리 집에 두 번째나 세 번째 메리 소이가 찾아왔으리라 예상할 수 있을 것이다. 맞다. 나는 그 얘기를 하려고 한다.

엄마가 자신의 동생인 소이 이모를 찾는다는 걸 모

르는 사람은 없었다. 엄마를 아는 사람은 물론이고 내가 살고 있는 원더타운을 넘어 이 나라 어딘가에 살고 있는, 엄마를 모르는 사람들까지. 미미제과의 딸기맛 웨하스는 전국 어디에든 있었고 그 상자 겉면에 메리 소이를 찾는 광고가 있었으니까.

엄마가 공개한 사진 속엔 빨간 코트를 입고 하얀 베레모를 쓰고 입을 반쯤 벌리고 웃고 있는 메리 소이가 있었다. 눈썹이 짙고 동공이 뚜렷하며 볼이 발그레하고 이마는 봉긋했다. 소이 이모가 사람들에게 '메리 소이'로 불리게 된 건 바로 이 사진 때문이었다. 다섯 살의 소이 이모는 알전구가 반짝이는 트리의 'Merry Christmas'라는 금색 글자 앞에 서서 귀여운 얼굴로 'Christmas'를 가리고 있었다.

나는 미사엘을 볼 때마다 엄마의 동생을 생각했다. 엄마가 미사엘에게 빨간 코트와 하얀 빵떡모자를 만들어 줬기 때문이다. 심지어 미사엘의 잠옷도 빨간색이고 미사엘의 수영복도 빨간색이었다.

메리 소이는 내가 태어나기도 전에, 엄마가 결혼하기도 전에, 그러니까 엄마가 열세 살 때 사라졌다. 중학교 입학을 앞두고 있던 엄마는 초등학교 입학을 앞두고 있던 동생 소이와 단둘이 유원지로 놀러 갔고 그곳 화장실에서 동생을 잃어버렸다.

소이가 화장실에 들어간 사이 엄마는 문밖에 서 있었다. 하지만 아무리 기다려도 소이는 나오지 않았다. 문을 두드리고 이름을 불러도 나오지 않자 엄마는 소이가 안에 없다는 걸 알았다. 관리인이 와서 화장실 문을 열었지만 거기엔 아무도 없었다. 그 당시 화장실 근처엔 CCTV 같은 것도 없었다. 아무도 엄마의 말을 믿지 않았고 심지어 엄마의 부모도 엄마를 믿지 않았다.

"정말 거기로 들어가는 걸 봤어?"

사람들은 대부분 '정말'이라는 단어를 붙여가며 무언가를 물었다. 추측컨대 엄마는 그때부터 세상에 혼자 남겨진 기분으로 살았을지도 모른다. 메리 소이 이야기를 자세히 듣고도 '정말'이란 단어를 쓰지 않은 사람은 우리 아빠뿐이었다. 그래서 엄마는 아빠와 결혼했다.

엄마는 사람들에게 그저 유원지에서 동생을 잃어버렸다고만 말했다. 그러면 사람들은 생각한다. 메리 소이가 누군가에게 유괴됐거나 혹은 길을 잃고 미아가 된 거라고.

외할머니와 외할아버지는 이제 세상을 떠났고 엄마는 친척도 없어서 우리는 메리 소이를 아는 누군가로부터 이 얘기를 들은 적이 없었다.

메리 소이를 생각할 때 종종 나는 처음 한글을 알아가던 시기에 펼쳐 보았던 《사과, 토끼, 지형도》라는 책이 떠오른다. 그 기억은 이상하게도 세트 메뉴처럼 붙어 있다. 제목이 고작 세 단어였는데도 어린 시절의 나는 마지막 단어를 아무리 보아도 읽어낼 수 없었다. 후에 '지형도'라는 글자란 걸 알게 되었지만 여전히 무슨 의미인지 몰랐고, 무슨 의미인지 알게 된 뒤에도 나는 책의 의미를 알지 못했다. 어쨌든 그 책이 내게 그저 《사과, 토끼, ○○○》였을 때 나는 그 책을 읽으려고 애를 쓰곤 했다. 그 책은 그림 한 장 없었다. 자음과 모음의 결합으로 단어를 인지하지 못했던 그 시절의 나에게는 그저 모든 글자가 비밀을 덮은 하얀 스티커로 보였다. 나는 읽을 수 없는데도 그 책을 자주 펼쳤다.

그리고 글자를 다 알게 된 뒤엔 그 책을 열어보지 않았다. 언제나 내 방 책꽂이의 가장 눈에 띄는 위치에 꽂혀 있었지만 《사과, 토끼, 지형도》는 여전히 제대로 의미를 드러내지 않고 꽂혀만 있다가 내가 기억하지 못하는 사이 집에서 사라졌다.

만약 동생이 사라진 사람은 영원히 슬프다는 것에 사람들이 동의하지 않았다면 나는 웨하스 지붕과 딸기 모양 손잡이가 현관문에 달린 집에 살지 않았을 거다.

*

우리는 첫 번째 메리 소이와 식탁에 둘러앉아 저녁을 먹었다. 저녁을 먹기엔 늦은 시간이었고 이미 우리 가족 모두 저녁 식사를 마친 뒤였지만 그 여자를 위해 엄마는 찜닭을 만들었다. 첫 번째 메리 소이가 먹고 싶은 음식으로 그걸 말했기 때문이다.

첫 번째 메리 소이가 빨간 코트와 하얀 베레모를 벗지 않은 채로 밥을 먹는 동안 우리는 별다른 대화를 나누지 않았다.

첫 번째 메리 소이, 엄마, 아빠, 나, 동생 모두 어떤 말을 해야 할지 몰랐다. 동생이 몇 번 한숨을 내쉰 걸 빼고는 첫 번째 메리 소이가 찜닭 씹는 소리만 들렸을 뿐이다. 첫 번째 메리 소이는 젓가락으로 닭 다리나 닭 날개 살을 발라내는 기술이 정말 대단했다. 빈 접시 위에 발라놓은 뼈들이 쌓이는 모습은 어릴 때 동생과 즐겨 하던 젠가 게임처럼 흥미진진했다.

"오늘은 우선 잠부터 자는 게 좋겠어."

첫 번째 메리 소이가 찜닭을 다 먹고서 콜라 한 잔까지 비우자 엄마가 말했다.

"제 방은 2층이죠?"

첫 번째 메리 소이가 말했다.

아무도 그 여자에게 메리 소이의 방이 2층에 있다는

걸 어떻게 알았냐고 묻지 않았다. 집까지 찾아올 정도면 이미 알고 있었을 테니까. 1999년 가을에 엄마와 아빠가 이 집을 샀을 때부터, 그러니까 내가 태어나기 전부터 메리 소이의 방은 우리 집 2층에 있었고, 엄마가 만든 메리 소이의 블로그에는 메리 소이의 방 사진이 올라가 있었다. 그리고 2019년 웨하스 상자에 '찾아주세요' 광고가 실린 후엔 꽤 많은 사람이 우리 집 2층에 메리 소이의 방이 있다는 것을 알았다.

"누가 저를 찾아준 게 아니라, 제가 직접 왔잖아요. 그러면 보상금은 누구에게 주나요?"

첫 번째 메리 소이가 2층 계단을 올라가며 엄마에게 물었다.

앞에서도 말했지만 그 후로 우리 집 문을 두드린 수많은 메리 소이들이 우리에게 가장 듣고 싶었던 말은 보상금 3억에 대한 것이었다.

맞다. 우리 집 문을 두드린 어른 여자는 한둘이 아니었고 심지어 그중엔 여장 남자도 있었다. 메리 소이들은 모두 붉은 코트를 입고 흰색 베레모를 쓰고 왔다.

심지어 여름에도 말이다. 옷의 재질이나 두께가 조금 달랐고 붉은 색의 명도와 채도가 조금 달랐을 뿐이다. 그들은 용케도 그런 차림을 하고서 마치 공장에서 주기적으로 배달되는 인형처럼 우리 집 문을 두드렸다. 엄마의 블로그와 이메일, 인스타 DM으로도 정체를 알 수 없는 수많은 여자들이 자신이 진짜 메리 소이라며 편지를 보내왔다.

첫 번째 메리 소이는 미미제과의 딸기맛 웨하스 상자에 실린 자신의 얼굴을 보고 우리를 찾아왔다고 말했다. 딸기맛 웨하스 상자에 메리 소이의 얼굴이 실린 과정은 이랬다.

2019년 초 미미제과에서 창사 30주년 기념 백일장을 열었다. 과자에 얽힌 추억이 주제였고 엄마가 대상을 받았다. 그 내용은 이렇다. 잃어버린 동생과 미미제과의 딸기맛 웨하스로 늘 과자 집을 지으며 놀았고 미미제과의 과자 집은 엄마의 인생에서 가장 행복한 추억이었다고. 부상으로는 3년간 매일 먹을 수 있는 딸기맛 웨하스를 받았고, 수요일마다 집으로 웨하스 택배가 도착했다.

엄마는 마케팅 팀장이 올린 쇼트폼 영상 때문에 세상에 처음 알려졌다. 잃어버린 동생이 웨하스를 미칠 듯이 좋아해서 생일 케이크 대신 딸기맛 웨하스에 초를 꽂아야 했다고 말하는 부분을 짧게 편집한 영상이었다. 영상이 퍼지면서 미미제과의 웨하스 중 특히 딸기맛 웨하스가 꽁지에 불이 붙은 쥐처럼 팔려나갔다. 규모나 인지도가 애매하던 미미제과는 점점 젊은 사람들에게 인기를 얻었고, 창사 이래 최고의 매출을 올렸다.

미미제과는 엄마를 위해, 아니 회사의 이익을 위해 새 마케팅을 생각해 냈다. 그게 딸기맛 웨하스 상자에 메리 소이의 사진을 넣는 것이었다. '찾아주세요'라는 문구와 함께.

좀 우스꽝스럽게 들리겠지만 미미제과는 메리 소이가 돌아온다면 메리 소이에게 평생 먹을 딸기맛 웨하스를 제공하겠다고 약속했다. 이 소식은 뉴스 프로그

램의 '국내 핫 이슈' 코너에도 소개되었다. 사실 이미 석 달째 딸기맛 웨하스 속에 파묻혀 지낸 우리 가족은 평생 먹을 딸기맛 웨하스를 주겠다는 것이 얼마나 멍청한 약속인지 알고 있었지만, 메리 소이를 찾을 수만 있다면 그 정도는 견딜 수 있었다.

핫 이슈 영상이 인터넷을 떠돌며 밈이 되었다. 사람들이 너도나도 메리 소이의 사진과 웨하스로 엉성한 영상을 만들어냈다. 호의인 줄 알면서도 우린 골머리가 터질 지경이었고, 첫 번째 메리 소이가 보상금에 대해 묻는 순간에도 그랬다.

*

첫 번째 메리 소이 이야기를 삼촌에게 듣던 날 마로니는 계속 그 이야기만 듣고 싶어 했다. 우리는 첫 번째 메리 소이가 다음 날 아침에 일어나서도 보상금 이야기를 꺼냈다는 것과 우리 집에 머무는 2주 내내 틈만 나면 그 질문을 했다는 이야기도 들려주었다.

"만약, 진짜 메리 소이였다면 그런 걸 섣불리 묻지

않았을 텐데. 너무 멍청했네."

마로니가 말했다. 그날은 삼촌이 마로니의 집에 들어온 쥐를 잡아준 날이었고, 우리 셋이 원더마트 마감세일에서 사 온 초밥 세트를 먹고 있을 때였다.

"기억나지 은수야? 여덟 번째인가 열한 번째 메리 소이는 우리 집에 있는 카페용 커피 머신과 고급 스피커에 관심이 있었지."

삼촌이 말했다.

"심지어 '와우! 이 조명은 모조품이 아니잖아요!'라고 말한 메리 소이도 있었어. 몇 번째 메리 소이였는지는 기억나지 않지만."

내가 말했다.

"모두 진부한 대사를 읊었군. '혹시 이 집에서 악어를 키우나요'가 그보다는 낫겠네. 그게 아니면 어떤 감정적 대사는 날렸어야지. 기쁨, 원망, 탄식 이런 것들이 섞인 대사 말이야."

마로니가 말했다.

"문을 열자마자 엄마를 끌어안고 보고 싶었다며 울

20

부짖던 메리 소이도 있긴 했어요. 진짜 커다란 눈물방울을 뚝뚝 흘렸어요. 우린 모두 그 여자가 진짜 메리 소이인 줄 알았죠."

"두 번째 메리 소이는 어땠어?"

"우스웠지. 지금 생각하면 말이야."

삼촌은 두 번째 메리 소이가 우스웠다고 말했지만 사실 그 당시에 우린 아무도 그렇게 생각하지 않았다.

두 번째 메리 소이는 캐리어와 함께 큰 상자 세 개를 가지고 우리 집에 왔다. 이른 아침이었고 나와 삼촌만 집에 있을 때였는데 삼촌의 표현대로라면 '보그'지의 모델 같은 사람이 문 앞에 서 있었다.

"메리 소이들이 입은 코트 중 가장 밝은 빨강 코트였지. 형광빛이 돌았는데 어찌 보면 진한 핑크색으로 보였어. 정말 끝내주게 어울렸지."

"우리 모두를 위한 선물을 준비해 왔죠. 엄마에겐 지방시 핸드백을 아빠에겐 마카다미아너트 초콜릿을 내겐 반클리프 목걸이를 삼촌에겐 고야드 지갑을요."

이번엔 내가 두 번째 메리 소이에 대한 이야기를 들려주었다. 두 번째 메리 소이는 신원이 확실했고 직업은 아트디렉터였다는 것, 자신을 증명할 증명서들을 준비해 왔다는 것, 보상금에 대해 묻더니 이내 자신은 돈이 많아서 당장은 받을 생각이 없다고 한 것.

"아, 그런데 가짜였다는 거잖아?"

"그렇죠."

"어떻게 알았어?"

"크리스피크림 도넛에서 그녀가 한 남자와 하는 말을 삼촌 친구가 들었어요. 우리 가족에 대한 말이었죠. 우리 가족이 거의 넘어왔다고 했대요."

"친구는 아니고 대학원 동생. 두 번째 메리 소이가 우리 집에 왔다는 건 알고 있었고 사진도 본 적 있었거든."

삼촌이 껴들었다.

"그럼 누군가와 짜고 진짜 행세를 한 거야?"

"그렇게 간단한 이야기가 아니야."

나와 삼촌은 번갈아 가며 두 번째 메리 소이에 관한

이야기를 했는데, 내용이 어찌나 복잡하던지 마로니는 여러 번 우리의 말을 끊고 이해할 수 없는 부분을 되짚어 묻곤 했다.

"사기를 쳐서 재산을 가로챌 생각이었던 거야?"

물론 그것도 아니었다. 우리에겐 가로채일 재산도 딱히 없었고 집도 담보대출을 받은 상태였으니까. 건물을 가지고 있거나 땅이 있는 것도 아니었고.

"그녀가 원한 건 가족이었지. 이를테면 멀쩡해 보이는 멍청한 가족."

두 번째 메리 소이는 우리를 디트로이트에 데려가겠다고 했다. 그곳에 땅이 있다는 것이었다. 포드 박물관에서 멀지 않은 곳이라고 했는데 사진엔 2층 저택들이 있었고 무엇이든 세울 수 있을 것 같은 빈 땅이 있었다. 원더타운의 사람들이 모두 떠나고 원더마트가 허물어지면 꼭 그 사진 속 풍경으로 변해버릴 것 같았다.

두 번째 메리 소이는 포드 박물관의 별채에 있는 인형의 집 사진도 보여주었다.

"이 집은 인형 놀이를 위한 집이야. 딸을 위해 만들었는지 손녀딸을 위해 만들었는지는 잘 기억나지 않지만, 사람이 살기 위해 지은 집이 아니었어. 그냥 놀기만 하면 되는 거지. 그리고 이 사진을 봐, 놀랍지? 이 집 안엔 작은 인형의 집들이 많아. 은수는 온종일 여기서 놀 수 있어. 미사엘과 함께. 은수는 여기 가면 정말 인형처럼 놀기만 하면 돼."

두 번째 메리 소이는 내가 일곱 살 정도의 아이라도 되듯이 인형의 집을 보여주며 나의 표정을 살폈다. 내가 두 번째 메리 소이의 친절하고 비밀스러운 목소리를 흉내 내며 말할 때 삼촌은 웃음을 참는 표정이었고 마로니는 뭔가 너무 안타까운 것을 보았을 때의 표정을 지었다.

"제가 불쌍해요?"

"아니, 두 번째 메리 소이. 그녀가 네게 속은 거니까."

"내가 뭘 속여요?"

"네가 그런 인형의 집에 마음을 다 줄 거라고 속은 거지. 그런데 그 집들은 다 가짜였겠지?"

"인형의 집이요? 디트로이트의 주택들이요?"

"둘 다."

"둘 다 진짜예요. 인형의 집도 진짜고 1달러 집들도 진짜였죠. 세금은 꽤 내야 하지만 1달러짜리 저택들이 그 마을에 가득했어요. 아무도 살지 않는 마을에 우리를 데려 가려고 한 거예요."

"왜?"

"그곳에 타운을 형성하고 예술 학교를 세울 계획이라고 했죠. 삼촌은 예술 학교 교장이 될 뻔했어요."

"그 여자, 지금은 어딨어?"

삼촌이 휴대폰으로 그녀의 이름을 검색하자 그녀의 사진이 가장 상단에 떴고 심지어 나무위키에는 그녀의 신상이 요약되어 있었다. 그곳엔 우리 가족에게 벌어진 일들은 적혀 있지 않았다.

"세상에, 자기 계발서도 꽤 냈잖아? 이 책 나도 알아. '웃지 마세요, 오늘은'. 너희들 정말 떠날 생각을 한 건 아니지?"

마로니가 물었다.

그리고 삼촌과 나는 잠시 서로를 보았다. 지루하고 촘촘한 얘길 서로에게 떠넘기고 싶어서였다. 우린 정말 디트로이트로 떠날 계획이었다. 반드시 이곳에 살아야 할 이유가 없었고 그녀의 계획은 너무 갑작스럽긴 했지만 너무나 완벽하게 느껴졌으니까.

결국 내가 이야기했다. 그리고 두 번째 메리 소이가 맨손으로 우리 집 화장실이나 다용도실을 청소하는 모습에 모두 감동받은 이야기며 맨손으로 발코니의 새끼 쥐들을 잡아서 눌러 죽인 것 등은 삼촌이 덧붙였다.

"한 달 안에 그 일을 모두 겪었다는 거야? 고소 같은 것도 못 했겠군. 실제로 금전이 오간 것도 없었으니."

마로니가 그 복잡한 일을 한마디로 요약해 버렸다.

"생각만 해도 피곤한 일이었어요."

"그런데 아까 왜 우스운 일이라고 했어?"

"나중에 알고 보니 우리에게 준 선물 중 진짜는 3만 원짜리 마카다미아너트 초콜릿 하나뿐이었거든요. 다 가짜였어요. 그냥 좀 우습잖아요."

그 후 그녀가 미국 정보국 소속 스파이라느니 디트로이트 이주민 활성화 사업을 추진 중이라느니 하는 얘기를 이어가자, 마로니도 골치 아프다는 듯 고개를 저으며 말했다.

"두 번째 메리 소이는 그만, 그냥 사기꾼이야."

"우리 집에 온 메리 소이들은 정확히 둘 중 하나였지. 미쳤거나 나쁘거나. 아니면 이 둘 중 하나겠네. 진짜거나, 가짜거나."

삼촌이 말했다.

조금 여유롭게 메리 소이들에 대한 이야기를 나눈 날도 있었다. 자신이 정체 모를 존재에게 쫓기고 있다고 말하며 밤마다 인도 음악을 틀어놓고 주문을 외우던 메리 소이, 우리의 호의를 견디지 못하고 자신이 가짜라고 털어놓으며 밤새워 울었던 메리 소이, 메리 소이와 친구였고 친구를 대신해 찾아왔다던 메리 소이에 대한 얘기들.

그리고 어느 날은 햇살이 마로니의 집 거실을 온통 덮고 있었다. 우리는 한없이 한가로운 마음으로 메리 소이 놀이를 했다. 지금도 나는 우리 셋이 함께 있던 그날을 종종 떠올린다.

아빠가 엄마와 겨울 휴가를 간 일주일 동안 삼촌과 내가 엘피바를 맡아 운영하던 중이었다. 창밖엔 깃털 같은 눈송이가 내리고 있었고 삼촌이 주방에서 술안주용 과자와 견과류들을 몽땅 꺼내서 칸이 나뉜 크리스털 접시에 담고 레몬즙을 짜서 레모네이드를 만들어주었다. 우리는 크리스마스 파티라도 하는 기분이었다. 마로니는 마치 레모네이드에 취하기라도 한 듯 평소보다 더 큰 소리로 웃었고 이게 삶이며 삶은 원래 이런 거라는 혼잣말을 계속 해댔다.

"우리가 진짜 메리 소이라고 생각해 보자. 뭐든 한마디씩 해봐. 우리가 진짜 했을 것 같은 말을 떠올려 보자고."

마로니의 제안으로 우리는 한동안 정말 자신이 진짜 메리 소이라는 설정에 몰입하기 위해 침묵했다.

"나는 이런 말을 할 것 같아. '잘 지내셨어요? 저는 못 지냈어요.'"

"우성 씨는 연기 학원 원장이란 사람이 겨우? 그런 대사는 나도 안 쓰겠다."

"나라면 이런 말을 할 거야. '물 좀 마실 수 있을까요?'"

"그거 왠지 좀 그럴듯한데? 역시 드라마 작가."

둘은 곧이어 나를 보았다.

"저는 이럴 것 같아요. '정말 제가 메리 소이일까요?'라고요."

"오, 괜찮은데? 그동안의 기억이 분명할 리 없잖아. 은수야 너 그 메리 소이 기억나니? 자신이 무슨 사이버대학교 교수라고 했던 사기꾼 말이야. 인스타 팔로워 수도 엄청났지. 순수미술을 한다고 했던."

"더 얘기해 줘."

마로니가 말했다.

"우리는 그 메리 소이의 전시회 비용을 대주기도 했어. 정말 눈 뜨고는 볼 수 없는 형편없는 그림들이었지. 인스타그램에 자신이 먹는 츄파춥스 한 개도 빼놓지 않고 올리던 메리 소이는 우리를 찾았다는 게시물은 올리지 않았어. 자신의 그림에 신파가 껴드는 게 싫다나. 그동안 그녀를 키워준 부모님을 만나고 싶다는 우리의 요청도 거절했어. 부모님에게 상처를 주고 싶지 않다면서 말이야. 우리가 석 달 조금 넘게 놀아난 듯."

"그러면 이번엔 우리가 가짜 메리 소이라고 생각해봐요."

내가 말했다. 어쩐지 그게 더 재미있을 것 같았다.

"'나를 잃어버린 건 언니 잘못이 아니에요. 그 누구의 잘못도 아니에요. 이렇게 만났으니 됐어요.' 이 정도?"

삼촌이 말했고, 나와 마로니가 고개를 저었다.

"'부모님이 살아 계셨으면 좋았을 텐데요'라고 말한 후 슬픈 표정."

마로니가 말했고, 나와 삼촌이 고개를 저었다.

"'잃어버린 제 세월은 어디서 보상받나요?'"

내가 말했고 마로니와 삼촌이 고개를 저었다.

식사를 마치고 차를 마시는 동안 삼촌은 그동안 만난 메리 소이들에 대해 떠들었고, 드라마 작가인 마로니는 그때마다 막장 드라마에도 못 써먹을 내용이라며 웃어댔다.

해가 지고 있었다. 마로니의 거실이 조금 어둑해지자 마로니가 거실의 샹들리에를 켰다. 삼촌과 나는 한동안 샹들리에를 바라봤고 마로니는 샹들리에에 반한 듯한 우리 둘을 보며 모닥불가에 모인 어린 들개들 같다고 말했고 이날을 우리가 가장 행복한 순간이라고 해두자고 말했다.

내가 마로니의 거실을 떠올릴 때면 언제나 조금 나른해지는 것은 낮에는 햇살이, 햇살이 저물고 난 뒤엔 찰랑거리며 반짝이던 그 샹들리에 때문일 거다.

그때 삼촌이 말했다.

"제리미니베리만 좀 달랐지."

2장

제리미니베리

며칠째 미사엘은 눈을 감고 있었다. 인형이니 내가
보지 못하는 사이 눈을 뜨진 않았을 것이다. 그날은 삼
촌의 생일 파티를 하던 5월의 어느 밤이었다. 비가 내
리고 있었다.

　"우성이는 어릴 때 신동 소리를 들었지. 한글을 혼
자 뗐다니까. 그러더니 뭐든 읽어대기 시작했어. 할아
버지가 신이 나서 천자문을 가르쳤는데 그것도 금방
해냈지. 덕분에 내가 힘들어졌어."

　"아빠가 왜 힘들어요?"

"아버지가 우성이와 나를 비교했거든."

"나를 동생과 비교하지 않아줘서 고마워요, 아빠."

나는 농담을 했지만 아빠는 어린 시절 삼촌 때문에 겪은 열등감에 대해 진지하게 말을 이어갔다. 삼촌 생일 파티에서 할 만한 말이 아닌 것도 있었다. 예를 들면 할아버지의 유산 문제 같은 것이 그랬다.

"하지만 그 돈은 내가 이미 날려먹었잖아? 그리고 여기 붙어살고 있고."

삼촌이 웃으며 말했다.

만약에 삼촌이 다른 말을 했다면, 예를 들어 아빠를 비하하거나 비꼬는 말을 했다면 어떻게 됐을까? 케이크가 허공으로 날아가고 잡채와 불고기가 담긴 접시가 바닥으로 나뒹굴고 동생이 2층에서 내려와 제발 공부할 환경을 만들어달라고 소리를 지르고 내가 아빠에게 이런 날 꼭 그런 말을 해야 했냐고 말하고 아빠는 내게 네 나이가 스물인데 그놈의 인형 놀이는 집어 치우라고 소리치며 미사엘을 빼앗아 바닥으로 내팽개치고 그러면 미사엘은 놀라서 눈을 떴겠지. 그리고 엄마는 메리 소이를 그리워하는 듯한 표정으로 한숨을 쉬고 방으로 들어가 침대에 누워 메리 소이가 돌아오면 우리 모두를 이 집에서 내쫓아야겠다고 생각했을지도.

그러나 그런 일은 일어나지 않았고 우리 모두 조금 더 이야기를 나누다가 함께 드라마를 보기 시작했다.

리모컨을 만지작거리던 삼촌이 고정한 채널에선 당시 가장 인기 있는 드라마가 재방송 중이었다.

"음악만 들어도 삼류 드라마라는 걸 알겠어."

아빠는 자신의 접시에 담긴 케이크 조각 위의 장식을 떼어 내며 말했다.

'투썸플레이스'라는 글자가 박힌 종이였다.

"꼭 저런 음악을 삽입하더라고. 일부러 그러는 거겠지?"

엄마가 말했다.

사실 엄마는 드라마보다는 시사 고발 프로그램에 관심이 많았지만 시청률이 높은 드라마는 챙겨 보는 편이었다.

"놀래라, 슬퍼해라, 긴장해라 하고 음악이 알려주는

거죠. 대사 주고받는 방식도 좀 이상하잖아요? 연극
같고."

"맞아, 대사만 들어도 마영희 드라마."

삼촌이 말했고 내가 거들었다.

"아, 저게 그 마영희 작가의 '젤리, 컬리, 홀리, 어쩌
고' 하는 드라마구나."

"'젤리, 캔디, 허니, 킬링'이에요."

엄마의 말에 삼촌이 답했다.

"'젤리, 허니…' 뭐? 친구들이 몇 번 말했는데 도무
지 외워지질 않네."

엄마가 말했다.

"형수, '젤리, 캔디, 허니, 킬링'. 줄여서 '젤캔허킬'
이요."

"저 핑크 머리 여자가 젤리를 봉지째 입에 털어 넣
다가 젤리가 목에 걸려 죽어."

"젤리가 목에 걸려 죽는다고?"

아빠가 믿기지 않는다는 표정을 지었다.

"외출 준비를 하며 핑크 머리를 손질하던 여자가 화

장대 위에 놓인 젤리 봉지를 입에 털어 넣고는 바로 캑캑거려. 개가 짖어대. 장례식 장면이 더 웃겨. 캔디와 허니가 그녀의 무덤 위에 젤리를 뿌리며 애도하지."

삼촌이 동작을 섞어가며 말했다.

"대체 무슨 소리야?"

아빠가 말했고 엄마는 조금 웃었다.

엄마와 아빠는 젤리라는 핑크 머리 여주인공이 마트에서 젤리를 훔치는 장면을 보며 이야기를 나눴고 뒤이어 삼촌이 아빠에게 '젤리, 캔디, 허니, 킬링'의 줄거리를 설명했다.

드라마엔 젤리, 캔디, 허니라는 이름을 가진 세 인물이 나오고 그들 사이에 살인 사건이 일어난다. 시청자들은 드라마가 미스터리와 치정과 추리와 판타지와 스릴러를 오가다가 황당한 결말로 종영되자 저질 삼류 작가를 퇴출시켜야 한다고 드라마 토크 게시판이나 방송국 시청자 게시판에 항의했다.

"얼마나 작품이 인기였으면 작가를 죽여버리겠다는 현수막까지 걸겠어? 한마디로 마영희는 엄청나."

"그게 왜 엄청난 거니? 그렇게 욕을 먹는데."

아빠가 물었다.

"모든 관심을 다 쓸어가니까. 대형 제빵 회사 불량 재료 사건, 재벌 2세 약물 상습 복용, 국회 만찬 독극물 테러 같은 뉴스도 마영희가 다 접수."

"어, 저 장면 저거 명장면인데!"

내 말이 끝나기도 전에 삼촌이 외쳤고 곧 허니가 킥 보드를 타고 가다가 캔디를 들이받아 캔디가 공중으로 튀어 오르는 장면이 나왔다.

"킥보드에 부딪쳤는데 저런다고?"

"당신 같은 사람이야말로 통속극에 빠져들기 딱 쉬운 사람이라니까."

"내가? 왜?"

"계속 반응하니까. 그렇게 욕하면서 보게 하는 게 저런 드라마의 마력이지."

엄마가 말했다.

"마영희 작가 작업실이 일산에 있대. 인터뷰에 나와서 일산 얘길 했어. 글이 안 써질 때마다 아람누리도서관에 들러 책을 읽는다고."

"정말 인기가 많은가 보구나. 네가 드라마 작가의 작업실이 어디에 있는지도 아는 걸 보면."

"형, 인기 많은 정도가 아니라니까."

그런 대화가 오가는 사이 드라마가 끝났다. 공중으로 튀어 올랐다가 땅에 떨어진 주인공 캔디가 초능력을 얻게 되는 장면에서 이번 화가 끝나자 아빠는 다음 화가 어떻게 되는지 삼촌에게 물었다. 삼촌은 가끔 아, 이 부분은 말로 들으면 안 되고 형이 직접 봐야 하는데, 라고 덧붙이며 한동안 드라마 이야기를 했다.

나는 소파 뒤쪽으로 가서 창을 열었다. 갑자기 빗줄기 쏟아지는 소리가 나서였다. 나는 비 오는 날이면 종종 그래 왔듯 안고 있던 미사엘의 발을 잡고 창밖으로 내밀었다. 내가 너무 어루만진 탓에 동그랗게 때가 탄 볼과 감은 눈꺼풀 위로 무거운 빗줄기가 쏟아졌다. 그러자 너무 오래 눈을 감고 있어서 이젠 영원히 눈을 뜨지 않을 것 같았던 미사엘이 두 눈을 떴다.

미사엘이 빗방울에 눈을 뜨고 내가 노크 소리를 들

고 삼촌이 문을 열고 소파 앞 대리석 테이블 위를 치우고 있던 엄마와 아빠가 빈 케이크 접시를 든 채 얼어붙었을 때, 문 밖엔 엄마와 똑 닮은 여자가 샤넬 트위드 재킷에 청바지를 입고 입생로랑 가방을 메고 푸마 운동화를 신은 채 서 있었다.

제리미니베리는 우리에게 그렇게 왔다. 미사엘이 다시 두 눈을 뜬 순간.

그 많은 메리 소이 중 빨간 코트와 흰 모자 차림이 아닌 사람은 제리미니베리뿐이었다. 제리미니베리는 집을 찾는 데 어려움이 없었을 것이다. 우리 집은 과자 집이었으니까. 우리 집이 과자 집이 된 건 그놈의 미미 제과에서 우리 집 지붕을 웨하스 모양으로 꾸미는 조건으로 우리에게 광고비를 주었기 때문이다. 지붕은 정말 웨하스 모양이었고 웨하스 과자 사이로 딸기 크림이 눌려 나온 모양도 꽤 그럴듯했다. 지붕만 웨하스였어도 이렇게까지 사람들에게 인기를 끌지는 않았을 텐데 창틀을 초콜릿 막대 과자 모형으로, 벨과 손잡이를 딸기 모형으로 꾸민 것이 문제였다. 우리 집은 '헨젤과 그레텔'에 나오는 과자 집을 연상케 했다. 비슷한 형태의 단독주택 단지 틈에서 웨하스 지붕이라니. 원더타운에서 우리 집을 못 찾으면 바보가 따로 없을 정도였다.

자기가 메리 소이라고 주장하는 사람 외에도 지나가는 사람들마다 딸기 벨을 눌러대서 얼마 안 가 우린 택배 배달원이 누르는 벨 소리에도 꿈쩍하지 않게 되었다. 그것은 기찻길 옆에 사는 사람들이 기차가 레일 위를 달리는 소리에 익숙해지는 것과 비슷했다. 벨이 울리지 않는 날이면 오히려 불안해질 정도였으니.

감상에 푹 빠진 네티즌들은 우리 집 앞에 응원의 카드를 놓고 갔다. (물론 모든 카드가 우리의 행복을 비는 건 아니었다. '나는 네가 메리 소이를 죽였다는 걸 알고 있다.' 혹은 '연극은 그만해. 메리 소이' 같은 내용도 있었다. 엄마에게 온 것이었고 아빠는 그런 카드는 엄마에게 보여주지 않았다.)

카드와 함께 웨하스를 두고 가거나 웨하스만 두고

가는 사람들도 있었다. 미미제과의 딸기맛 웨하스는 물론이고 다른 제과 회사의 웨하스, 직접 만든 웨하스, 그리고 먹을 수 없는 웨하스들, 이를테면 웨하스 모형 열쇠고리나 웨하스 모양의 인형 같은 것들을.

나는 우리 민족이 굉장히 감상적이라고 생각하게 되었는데, 다 그 웨하스들 때문이었다. 우리는 연예인도 아니고 이 세상에 우리 같은 사연이 없는 것도 아닐 텐데, 어떻게 사람들은 그렇게 많은 웨하스의 상징에 쉽게 젖어 들 수 있었을까?

"메리 소이를 기다리는 건 너희 가족에겐 삶이었으나 타인에겐 일종의 놀이였던 거지. 원래 사람들은 주인공이 고생하는 이야기를 좋아해. 계속 더 고통받으며 기다리는 걸 보고 싶어 하고. 그러다가 결말에서 빵, 하고 한 번에 그걸 해결해 주면 더 좋아하고."

이 역시 마로니가 한 말이다. 마로니는 그때 다이어트용 단백질 셰이크를 마시고 있었는데 그 맛에 질려서였는지 혹은 메리 소이 놀이를 하는 사람들에 대한 경멸 때문인지 미간을 찌푸리며 고개를 저었다.

　한참 메리 소이 열풍이 일 무렵 나는 중학생이었는데 우리 집이 메리 소이를 기다리는 집이라는 사실은 내게 꽤 도움이 되었다. 모두 나를 알았고 내게 시비를 거는 아이들도 없었다. 그건 내가 돌아오지 않는 메리 소이의 조카, 슬픔을 간직한 집안의 딸이었기 때문이고 선생님 몰래 끊임없이 딸기맛 웨하스를 우리 반 애들에게 나눠 주었기 때문이다.

　미미제과는 딸기맛 웨하스 상자에 메리 소이 말고도 다른 '찾아주세요' 광고를 넣기 시작했다. 거기엔 다양한 생명의 얼굴이 실렸다. 아기, 어린이, 노인, 개, 고양이까지. 그 마케팅은 내가 고등학교에 입학할 무렵 사라져 버렸다. 그러다가 메리 소이들이 우리 집 문을 두드리는 간격이 벌어졌을 무렵 제리미니베리가 온 것이었다.

　우리 가족은 제리미니베리라는 이상한 이름이 대체 어쩌다 나온 이름인지 아무도 궁금해하지 않았다. 엄마가 궁금해하지 않으니 우리 가족 누구도 궁금해하지 않았고 엄마가 묻지 않으니 우리 가족 누구도 그 이유를 제리미니베리에게 묻지 않았다.

"제리미니베리라니 그냥 농담처럼 막 지은 이름이 분명해."

이 말도 역시 마로니가 내게 한 말이다.

"우리는 그 이름에 곧 익숙해졌어요."

"그걸 줄여 부를 생각도 안 했어? 예를 들면 제리나 미니 혹은 베리라고 부를 법했잖아?"

만약 제리미니베리를 만났을 때 우리 곁에 마로니가 있었다면 그랬을지도 모르지만 우린 그러지 않았다. 제리미니베리는 우리에게 현상금에 대해 묻지 않았다. 사실 물었다고 해도 우린 그 돈을 줄 수 없었을 거다. 아빠는 그 무렵 우리가 가지고 있는 돈을 부동산 투자 사기 피해로 모조리 날린 상태였다. 게다가 아빠가 밤리단길에 새로 시작한 음악감상실도 전염병이 퍼지며 손님은 구경도 할 수 없게 되었다. 우리는 폭설이 내린 뒤 조금씩 내려앉기 시작해서 활 모양으로 휜

2층 천장도 고치지 못할 정도였으니까. 어쩌면 제리미니베리가 현상금을 요구하지 않았기 때문에 우리는 제리미니베리를 진짜라고 믿고 싶었는지도 모른다.

"엄마, 제리메리미니 이모가 감바스파스타와 감베리파스타의 차이를 알고 싶대요!"

"은수야, 제리메리미니가 아니라 제리미니베리야."

그런 식으로 우린 모두, 심지어 아주 다급한 상황에서도 제리미니베리를 부를 때면 '제리미니베리'라고 불렀다.

나는 제리미니베리보다 제리베리미니가 낫다고 생각했다. 그건 지금도 그렇다. 혹은 베리제리미니도 괜찮다고 생각한다. 그건 뭐 아무래도 괜찮았다. 이미 우린 누구도 그 긴 이름의 순서를 바꾸거나 혼동하지 않았다. 그리고 우리에겐 메리 소이라는 지긋지긋한 기다림이 끝난 것, 그래서 그 이름을 입에 올리지 않게 된 것만으로도 충분했다.

제리미니베리는 엄마가 지겹도록 해주는 파스타 요

리에 신물이 났는지 배달 음식을 좋아하게 됐다. 그냥 좋아한 정도가 아니라 배달 음식을 먹기 위해 우리 집에 온 사람처럼 행동했다.

제리미니베리는 엄마가 밥값을 얼마든지 내는데도 불구하고 배달앱에서 진행하는 쿠폰이나 리뷰 이벤트에 열심이었다. 심지어 엄마가 결제를 막 끝냈는데도 주문을 취소하고 쿠폰을 사용해서 할인을 받은 후 다시 재결제를 할 정도였다. 그래 봤자 금액 차가 얼마 되지도 않았고 서비스로 받는 것은 고작 콜라 한 캔이었지만 제리미니베리는 자신이 매우 쓸모 있는 사람이 된 것처럼 쿠폰 할인으로 얼마를 할인받았는지 배달 음식을 먹는 내내 강조했다. 사실 제리미니베리가 음식 사진과 별점 다섯 개를 남기는 조건으로 받은 콜라 한 캔은 아무 의미가 없었다. 제리미니베리가 먹어대는 배달 음식 양에 비한다면 말이다.

"이제, 뭐가 좀 기억나는 것 같아?"

삼촌은 틈만 나면 제리미니베리에게 엄마를 잃어버렸던 당시의 기억이 떠오르는지 확인했지만 소용없었다. 그럴 때마다 제리미니베리 이모는 애써 행복감을 감추고 조금 슬픈 표정으로 고개를 천천히 저었다. 어떤 날은 입가에 감바스 오일을 묻히고 슬픈 표정을 짓기 위해 눈썹에 힘을 주고 입꼬리를 내렸는데 자세히 보니 오른쪽 입꼬리 끝에 새우 꼬리의 잔여물이 붙어 있었다.

삼촌은 제리미니베리가 만족스럽게 식사를 마치고 콜라를 마실 때면 제리미니베리가 어린 시절의 기억을 떠올리도록 조심스럽게 자신의 어린 시절 이야기를 꺼냈는데 나중엔 이 과정이 어떤 예식처럼 느껴지기도 했다. 제리미니베리 이모가 예식에 치르는 값이란 고작 아직 기억이 안 난다는 몸짓이나 표정이 다였지만.

제리미니베리가 우리 집에 온 지 반년이 지났을 때였다. 조금 남아 있던 메리 소이에 대한 세상 사람들의 관심도 거의 끊어졌고 딸기맛 웨하스 무료 쿠폰 기간 3년도 다 지난 무렵이었다. 그놈의 미미제과에서 우리가 메리 소이를 찾았고 그것이 '찾아주세요' 광고 때문이라는 것을 언론에 흘렸다. 다행히 주요 언론은 크게 관심을 두지 않았다. 다만 한 인터넷 방송에서 우리를 취재하러 왔고, 방송이 나가자 다시 그놈의 인증 사진을 찍으려는 사람들이 조금 몰려왔다.

그리고 '스노'라는 결혼정보회사에서 우리 정원에 크리스마스 트리 앞에 서 있는 어린 메리 소이의 사진을 본뜬 조형물을 제작해 세워주었다. 스쿠터를 선물로 주며 말이다. 물론 '사랑은 연결된다'라는 문구와 함께 스노 결혼정보회사 이름 팻말을 세우는 조건도 함께였다(스쿠터에도 '사랑은 연결된다'라고 쓰여 있었다). 미미제과나 스노 결혼정보회사를 통해 들어온 돈은 아빠의 음악감상실 임대료로 사라져 버렸다. 우리 집은 돈을 꾸준히 버는 사람이 한 명도 없어서 어떤 돈이든 들어오는 즉시 손가락 사이로 빠져나가는 모래알처럼 사라졌다.

원더타운은 한때는 꽤 잘살던 사람들, 그러나 지금은 쇠락한 사람들의 집합소 이미지를 갖고 있었다. 원더마트 건너편에 지어진 다양한 모양의 미국식 2층 단독주택들은 90년대 초반만 해도 부의 상징이었다. 하지만 지어진 지 20년이 넘어가며 여기저기 하자가 생기고 젊은 사람들이 서서히 떠나면서 타운 전체가 함께 낡아가고 있었다. 녹슬지 않은 우체통을 가진 집이 거의 없을 정도였다. 우리 집도 별다를 게 없었다. 그나마 삼촌이 관리한 작은 정원이 조금 봐줄 만했지만 돈이 없어 망가진 곳을 제대로 수리하지 못한 우리 집은 미미제과와 스노 결혼정보회사 때문에 더 우스꽝스러워 보였다.

제리미니베리는 빨간 코트에 흰 모자를 쓰고 이모의 어린 시절을 본뜬 인형 옆에 서서 사람들과 사진을 찍어주기도 했다. 어떤 사람은 머리 위로 두 손을 모아 큰 하트를, 어떤 사람은 엄지와 검지를 겹쳐서 작은 하트를 만들거나 한 손을 볼에 대고 하트를 만들었다.

당신은 전염병이 한창이던 1년 동안 제리미니베리가 우리 집에 있었다는 게 믿어지는가?

우리는 엄마의 동생이라는 증거를 하나도 제시하지 않은 사람을 메리 소이라고 믿으며 함께 살았다.

전염병이 아빠 잘못은 아니었는데도 아빠는 전 재산을 끌어모으는 것도 모자라 잔뜩 대출을 받아 엘피바를 시작한 것을 자책하곤 했다. 아빠는 그런 사람이었다. 무슨 일이 생기면 모두 자기 잘못이라고 말하는. 그리고 엄마는 이런 사람이었다. 누구를 비난하거나 의심하지 않는.

그 말은 엄마가 사람을 비난하거나 의심하지 않아도 되는 삶을 살아왔다는 것이고, 한편으로 그건 엄마가 남을 속인 적이 한 번도 없다는 의미이기도 하다. 메리 소이와 엄마의 유전자 검사를 제안한 건 미미제과 마케팅팀장이었다. 메리 소이를 찾으면 주겠다던 딸기맛 웨하스 평생 이용권 외에 우리와 더는 아무 상관 없던 미미제과가 왜 유전자 검사에까지 관여하게 된 건지는 이해할 수 없지만 그땐 그랬다. 제대로 된 이유 같은 건 조금도 중요하지 않았다. 누군가 즉흥적으로 뭔가를 제시하면 우린 평생토록 웨하스를 먹어야 하고 지붕을 웨하스로 덮어야 하고 집 앞에 사계절 내내 크리스마스트리를 세워야 했다.

미미제과는 이번엔 제리미니베리가 진짜 메리 소이인지 밝히는 데 집중했다. 마치 이 문제가 회사의 중요한 과제라도 되는 것처럼. 심지어 미미제과 대표는 유명하지 않은 유튜브 예능 프로에 나와 이 사건에 대해 언급하며 자신의 어머니가 전쟁 때 잃어버린 가족 얘기로까지 이어졌다. 메리 소이 이야기가 미아 문제, 이산가족 문제와 손을 잡자 사람들은 미미제과를 무슨 공익단체 정도로 인식했고, 관심을 잃어가던 미미제과 딸기맛 웨하스는 다시 기다림과 만남, 사랑의 이어짐이라는 상징이 되었다. 후에 미미제과 딸기맛 웨하스가 연인의 사랑 고백 마케팅에 활용되어 스노 결혼정보회사와 콜라보 행사까지 한 걸 보면 다른 건 몰라도 두 회사를 이어준 게 메리 소이임은 분명하다. 딸기맛 웨하스를 생산하는 다른 대형 제과 회사들도 이 열

풍에 가담해서 '기다림' 마케팅을 열게 됐으니 어쩌다가 메리 소이는 딸기맛 웨하스 시장을 활성화시킨 인물이 되어버린 셈이다. 이 작은 땅덩어리에 사는 사람들은 마치 누군가 즉흥적으로 내뱉는 말 한마디로 산 하나를 옮길 수도 있을 것 같은 열정이 있었다.

"사모님, 이 정도 시간을 드렸으니 유전자 검사를 하셔야죠. 비용이나 절차는 저희가 준비합니다."

미미제과 마케팅팀장은 엄마를 사모님이라고 부르고 아빠를 사장님이라고 불렀는데 엄마도 아빠도 그 호칭을 좋아하지 않았지만 자기 또래의 사람으로부터 어머님이나 아버님이라고 불리는 것보다는 낫다고 생각했다.

"아직 제리미니베리는 사회성이 부족해요. 배달 음식을 주문할 때 외엔 거의 말을 하지 않아요."

엄마가 미사엘의 옷을 갈아입히는 일에 한창인 나를 의식한 듯 목소리를 낮춰 말했다. 팀장은 엄마보다도 키가 큰 내가 인형 옷을 갈아입히는 모습을 조금 이상한 눈빛으로 보곤 했다. 그러거나 말거나 나는 그저 새로 만든 빨간 코트의 단추가 너무 뻑뻑해서 애를 먹고 있었다.

"사모님, 생각해 보세요. 모든 게 불분명해요. 제리 미니베리는 일단 이름도 이상하고 신분도 알 수 없고 어디서 무엇을 하며 살다 왔는지도 모르는데… 우리 제과 회사 이미지에도 안 좋은 영향을 끼칠 수 있어요. 물론 스노 결혼정보회사에서도 이 문제를 걸고넘어질 수 있고요. 그리고 인스타 계정 하나 없는 것도 이상하지 않나요?"

"저도 인스타 계정은 없어요."

내가 껴들었다.

"저희 때문에 미미제과에 어려움을 끼치고 싶지는 않아요. 이 모든 게 미미제과 덕분인데."

엄마가 말했다.

나는 미사엘의 외투 단추를 끝까지 채우는 걸 포기하고 미사엘의 속눈썹을 손가락으로 살살 어루만지며 가만히 앉아 있었다. 사실 몇 번이나 엄마의 말이나 팀장의 말에 껴들고 싶었지만 그런다고 바뀌는 건 없을 것 같아서 아무 말도 하지 않았다. 그래도 그 지루한 시간을 소파에 앉아 버틴 것은 팀장에게 어떤 작은 압박이라도 줘야 한다는 생각 때문이었다. 당신들의 속내를 내가 다 알고 있으며 내가 낱낱이 듣고 있다고 말이다. 하지만 팀장은 내가 있다는 사실도 잊은 듯했다. 나는 한숨을 쉬거나 잔기침을 해서 내가 있다는 것을 알리려 했다. 그럴 때면 팀장은 이따금 내 쪽으로 시선을 주었는데 그때마다 나와 내가 쓰다듬고 있는 미사엘을 측은하다는 듯이 바라봤다. 다 큰 애가 왜 인형을 가지고 노는 거야? 같은 생각을 하는 게 분명했다.

"스노에서 준 스쿠터는 우리에게 필요하지 않아요. 그걸 타는 삼촌도 '사랑은 연결된다'는 글씨 때문에 창피해하고요. 게다가 집 앞의 저 조형물은 어딘가 좀 흉측해 보여요. 그리고 우린 웨하스라면 신물이 나요! 더 이상 웨하스를 나눠 줄 곳도 없다고요."

나는 결국 참지 못하고 엄마를 도와주기 위해 말했다.

그러나 팀장은 내가 아닌 미사엘만을 흘낏 보았을 뿐, 아무 대꾸도 하지 않았다.

"사모님, 아직 구독자 수가 얼마 안되는 한 유튜버가 '제리미니베리의 실체'라는 영상을 올렸어요. 최근 한 유명 피부관리기의 실체를 폭로해서 꽤 유명해진 사람이에요."

제리미니베리는 팀장이 거실에서 엄마에게 그런 말을 하는 동안에도 식탁에 앉아 엄마의 태블릿피시로 저녁에 먹을 배달 음식을 미리 고르고 있었다. 나는 이따금 제리미니베리가 혹시 이 이야기에 동요하지는 않을까 하고 식탁 쪽을 흘끔거렸지만 태블릿피시 화면의 반사광으로 푸르게 빛나는 제리미니베리의 얼굴은 그 어느 때보다 희망차 보였다.

"좀 이상하지 않나요?"

팀장이 식탁 쪽을 눈짓으로 가리키며 엄마에게 속삭였다.

"네, 좀 이상하죠."

엄마가 동조하자 팀장의 눈동자가 커지고 입이 활

짝 벌어졌다.

"점심 먹은 지 얼마나 됐다고 바로 음식을 고르고 있다니요. 게다가 몸이 저렇게 말랐는데 말이에요."

엄마가 말하자 팀장은 쓰고 질긴 것을 삼키기라도 하는 듯 이를 앙다물었다. 그의 사각턱 주변의 근육이 꿈틀거리는 걸 보다가 나는 다시 미사엘의 단추를 제대로 채워보려 손끝에 힘을 주었다.

"아니 그런 게 아니라, 짐 가방을 들고 오지 않았다는 사실 말이에요."

나는 그 이야기를 조금 더 듣고 싶었지만 마침 제리미니베리가 불러서 식탁으로 가야 했다. 선택 메뉴를 고르고 소파로 왔을 땐 내가 듣고 싶었던 팀장의 이야기는 끝나 있었고 팀장은 엄마와 인사를 나누며 옆자리에 걸쳐두었던 겨울용 트렌치 롱코트에 오른팔을 꿰고 있었다.

"업무 시간도 아닌데 이렇게 저희를 위해 고생해 주셔서 감사해요."

엄마가 정중히 말했고 나도 몸을 조금 숙여 인사

했다.

그때 제리미니베리가 식탁 위로 튀어 올라서서 펄쩍거리며 비명을 질렀다.

"존나 검은 쥐다! 존나 검은 쥐가 소파 밑으로 들어갔다고! 이게 무슨 쥐 같은 일이야. 이게 무슨 쥐 같은 일이냐고."

제리미니베리는 뒤이어 꽤 한참이나 험한 욕설을 능숙하게 뱉어댔는데 그 모습이 스웨그 가득한 래퍼처럼 보였다. 정확한 라임과 리듬감이 살아 있는 욕이 제리미니베리의 입에서 쏟아져 나왔다. 제리미니베리가 찰진 욕이라니. 의자도 아닌 식탁 위에 올라서서 욕을 하는 제리미니베리라니. 하필 팀장이 우리 집에 와 있을 때 그런 일이 벌어지다니. 지금도 그 모습이 두고두고 잊혀지지 않는다.

팀장은 제리미니베리의 쇼를 보며 소파 위로 급히 올라서려다 불행히도 앞으로 엎어지며 대리석 소파 테이블 모서리에 얼굴을 부딪쳤다. 구급차가 와서 안방에 잠들어 있던 삼촌이 팀장과 함께 병원에 다녀온 뒤에야 나는 팀장의 코뼈가 부러진 걸 알았다. 나도 그 대리석 테이블의 각진 모서리에 자주 정강이가 받쳐 멍이 들곤 했었다. 엄마는 종종 대리석 소파 테이블을 처분하자고 말했지만 구매 당시 소형자동차 한 대 값이었던 그 테이블을 중고나라나 당근에 내놓는다면 고작 피자 몇 판 값으로 팔릴 뿐이라며 아빠는 말을 듣지 않았다. 그 사건 이후 아빠는 테이블의 네 모서리에 실리콘 덮개를 씌워두었을 뿐이다. 그 테이블은 여전히 우리 집 거실에 있다.

"그때 이걸 사지 말고 주식을 샀어야 해. 이 돌덩이가 소형자동차 한 대 값이라니."

가끔 삼촌이 했던 말은 결국 맞았다. 삼촌이 늘 말하던 양극재 관련 주식의 주가가 1년 사이 엄청나게 뛰었으니까.

제리미니베리가 비명을 지른 것이 팀장이 코트를 입은 뒤나 코트를 입기 전이었다면 좋았을 것이다. 혹은 팀장의 키가 우성이 삼촌만큼 크거나 코트가 발에 밟히지 않을 정도로 짧았어도 좋았을 것이다. 그도 아니라면 소파가 매우 푹신거리는 패브릭 소재가 아니었어도 좋았을 것이고 대리석 테이블이 없었어도 좋았을 것이다. 물론 아빠가 대리석 테이블 대신 주식을 샀으면 더 좋았을 것이다. 그리고 제리미니베리가 의혹을 말끔히 해결한 채 우리 집에 머물렀거나 엄마가 오래전에 동생을 찾는 걸 포기했어도 좋았을 것이다.

하지만 그 모든 좋았을 가능성을 피해 팀장은 마침 그때 우리 집에 있었고 코뼈가 부러졌고 화가 머리끝까지 났다. 그 일로 인해 팀장은 제리미니베리를 더욱 의심하게 되었다. 코뼈만 아니었어도 팀장이 제리미니베리의 공연을 그저 한심한 짓거리 정도로 여기고 넘어갔을까? 나는 아직도 식탁 위에서 스웨그 넘치는 욕을 해댄 것이 왜 제리미니베리가 진짜 메리 소이가 아니라는 결정적 증거인지 이해할 수 없지만, 그땐 모든 것이 조금 이상하면서도 일관성 있게 흘러갔다. 마치 첫 화부터 이상한 것투성이였기에 다음 화도 계속 이상해야 하는 삼류 드라마처럼.

병원에서 돌아온 삼촌이 샤워를 하는 동안 엄마는 쥐를 잡았다. 작고 귀여운 맷쥐였다. 제리미니베리의 말대로 '존나'게 검기는커녕 꿀빛의 작고 귀여운 녀석이었다. 엄마는 소파 밑을 뒤적거리다가 마침내 거실 커튼 뒤에서 녀석을 잡아 마당에 놓아주었다.

퇴근해서 돌아온 아빠는 맷쥐를 왜 죽이지 않았냐고 물었지만 만약 그 자리에 아빠가 있었어도 엄마를 말리지 않았을 것이다. 만약 가련한 맷쥐를 죽여야 한다면 그건 아빠의 몫이었지만 아빠는 맷쥐는커녕 바퀴벌레도 못 죽이는 사람이었다. 이상한 것은 엄마가 조금도 인상을 쓰지 않았다는 거다. 팀장의 코뼈, 제리미니베리의 수준급 욕설 공연, 집 안에 침입한 맷쥐까지, 어느 하나 좋을 게 없는 날이었는데 말이다.

팀장은 3주 뒤에야 다시 우리 집에 왔다. 마스크를 쓰고 있어서 수술한 코가 어찌 되었는지는 알 수 없었지만 미간 사이에 생긴 흉터에 인상이 더 난폭해 보였다.

우리 가족 누구도 미미제과의 제안을 받아들일 생각은 없었지만 제리미니베리는 미미제과 측의 유전자 검사 거론 이후 우리 집을 떠나겠다고 말했고 실제로 그렇게 했다. 아무도 제리미니베리를 잡지 않았다. 팀장은 엄마의 부탁대로 언론에 알리지 않았고 정말 다행히도 사건은 그렇게 끝나는 것처럼 보였다. 더불어 제리미니베리와의 인연도.

팀장의 표현대로라면 맨몸으로 왔기에 맨몸으로 쫓겨나야 할 제리미니베리에게 엄마는 가방 가득 짐을 싸 주었다. 우리 가족이 기내용으로 사용하는 가방 중 하나였는데 일본으로 가족여행을 갔다가 사 온 거였다. 엄마는 가방 안에 무얼 넣어주었을까? 나는 가끔 그 가방 안에 딸기맛 웨하스가 가득 들어 있는 상상을 하곤 했다.

나는 엄마가 파스타나 라면을 끓일 때면 제리미니베리를 생각했다. 제리미니베리는 언제나 면을 삶는 엄마 곁에 서서 냄비에서 피어오르는 수증기를 넋이

나간 채 보고 있었다. 마치 마술쇼를 보는 듯한 황홀한 표정으로. 마치 누구도 자신을 위해 면을 삶아준 적이 없었다는 듯이, 때론 너무 고맙고 기뻐서 어쩔 줄 몰라 하는 듯이, 때론 어서 빨리 배를 채우고 싶어 안달 난 사람처럼. 그러니까 일곱 살 아이처럼. 진짜 메리 소이 처럼.

3장

젤리, 캔디, 허니, 킬링

나는 누군가가 제리미니베리를 부를 때마다 마로니의 '젤리, 캔디, 허니, 킬링'이란 드라마가 생각났다.

어떤 일들은 시간이 지나야 오류가 드러난다. 예를 들면 우리가 왜 제리미니베리에게 그 이름의 의미가 무엇이고, 그동안 어디에서 누구와 있다가 이제야 나타났고, 왜 우리 엄마의 여동생이라고 생각하는지 묻지 않았다는 점 말이다. 제리미니베리 이모는 빨간 코트와 흰 모자를 쓰고 있지도 않았고 우리에게 자신이 엄마의 여동생이라고 말한 적이 없다는 것도 시간이

지나서야 깨닫게 된 사실이다. 제리미니베리는 "드디어 왔구나"라고 말하며 덥석 자신을 안아준 엄마에게 단 한 번도 자신이 메리 소이, 즉 엄마의 동생이라고 말하지 않았다. 그것은 우리에게 큰 위안이 되었다. 적어도 제리미니베리가 아주 나쁜 사람은 아니었다는 거고, 우리가 속은 게 아니라는 걸 의미하기도 했으니까. 그리고 그건 우리 모두가 제리미니베리를 사랑했기 때문이었는지도 모른다.

적어도 이 사건을 아는 사람들에게 그 이야기는 한동안 끊임없이 반복되는 질문이었지만 아무도 답을 알 길이 없었다. 마치 앞뒤가 들어맞지 않는 '젤리, 캔디, 허니, 킬링' 드라마가 그렇게 욕을 먹으면서도 시청률 1위를 기록하는 것이 자연스러웠던 것처럼, 우리에게 제리미니베리는 도무지 이해할 수 없는 자연스러운 사건이었다.

4장

아나무스 씨와 마로니

아파트 단지 속 단독주택가인 원더타운은 원더마트 옆에 있어서 그렇게 불렸다. 놀랍게도 원더마트는 내가 태어나기 전부터 그 자리에 있었다. 그리고 나는 원더마트에 거의 매일 갔다. 원더마트의 건물 면적은 작은 백화점보다도 작았지만 지하에서 7층까지 삶에 필요한 거의 대부분의 물건들이 가장 합리적인 동선에 맞춰 빈틈없이 진열되어 있었다. 엄마가 내 나이였을 때도 있었다고 하니 원더마트는 이 동네가 사라지지 않는 한 계속 거기 있을 것이었다. 누군가 매일 들락거

려도 될 만큼 아늑하고 느슨하게.

　원더마트 옥상에는 동전을 넣으면 옥상정원을 한 바퀴 도는 기차가 있다. 어른들은 아이를 기차에 태운 뒤 울타리 밖에 서서 아이가 앞을 지날 때마다 손을 흔들어준다.

　나도 어릴 땐 기차를 좋아했다. 엄마 옆으로 내가 탄 기차가 지날 때면 나도 다른 아이들처럼 손을 흔들었고 엄마도 다른 엄마들처럼 손을 흔들었다. 하지만 엄마는 다른 엄마들처럼 나만을 줄곧 지켜보지 않았다. 기차가 멀어지면 멍한 표정으로 어딘가를 보았다. 가끔은 기차가 바로 앞까지 왔는데도 보이지 않는 무언가를 보는 사람처럼 가만히 멈춰 있었다. 다른 엄마들이, 간혹 할머니나 아빠들이 아이들을 향해 손을 흔들고 웃고 이름을 부르는 사이에서 밀랍 인형같이 멈춰 있는 엄마를 볼 때면 나는 엄마가 잃어버린 동생을 생각하고 있다고 생각했고, 엄마가 나 하나만으로는 행복할 수 없다고 생각했고, 어쩌면 엄마가 영원히 행복할 수 없을 거라고 생각했다.

나는 늘 미사엘과 함께했지만 그것은 일생을 걸쳐
지속된 일이므로 내가 미사엘에 빠져 있었다고 표현
하긴 어렵다. 내가 빠져든 첫 취미는 젠탱글이었다. 단
순한 선으로 반복적인 패턴을 그리고 있어도 시간을
허비한다는 죄책감이 들지 않았다.

젠탱글에 입문한 건 원더마트에서였다. 공부엔 재
능도 의욕도 없는 내게 방학은 무료할 뿐이었고, 제리
미니베리가 떠난 자리는 생각보다 허전했다. 엄마와
나는 그저 시간을 흘려보내려고 원더마트로 갔다. 7층
행사장엔 십자수나 어린이 클레이 교실 같은 것을 여
는 작은 문화센터가 있었는데, 그날 마침 직원이 현수
막 아래서 신규 강좌를 홍보하고 있었다.

"고객님, 젠탱글 아시죠? 스트레스 해소에도 좋고
집중력에도 좋아요."

"잘 몰라요. 좀 설명해 주시겠어요?"

엄마가 말했다.

사실 젠탱글엔 관심도 없었지만, 직원이 마치 엄청난 마법을 소개하듯 이야기하는 바람에 나는 젠탱글을 하게 되었다. 엄마는 내가 뭐라도 하기를 원했고 뭐라도 하게 하는 게 엄마가 할 일이라고 생각했다. 나는 엄마를 실망시키고 싶지 않았다. 게다가 알고 보니 젠탱글 강사가 우리 옆집에 사는 아나무스 씨였다. 동네에서 얼빠진 표정으로 인사를 하고 다니는 아나무스 씨를 모르는 사람은 없었는데, 그에게 직업이 있다는 것을 나는 그때 처음 알게 되었다.

　지금 생각하면 젠탱글은 규칙적인 낙서와 비슷했다. 직원이 했던 말처럼 반복되는 직선과 동그라미나 곡선을 일정한 간격이나 패턴에 맞춰 그려나가는 동안 잡념이 사라지는 건 사실이었다. 나는 내 삶에 사라진 메리 소이 같은 게 있다는 것도 잊을 수 있었다. 일정한 간격으로 나선형을 그린다거나 작은 네모들 안에 한 칸은 수직으로 한 칸은 수평으로 한 칸은 사선으로 실수 없이 채워 넣으려면 매우 집중해야 했다. 아무 이유도 없고 목적도 없이 반복하다 보면 그다음엔 더 정교한 패턴을 그리고 싶어졌다. 파괴적인 일을 하거나 아무 일도 안 하는 것보다는 좋은 일이 확실했고 시간을 좀 더 빨리 허비하기에도 좋았고 아나무스 씨의 알아들을 수 없는 발음으로 수업을 듣는 것도 꽤 괜찮았다.

나는 빨리 어른이 되고 싶었다. 어른이 되면 이 딸기 맛 웨하스 집을 벗어날 수 있으리라 생각했다. 나는 엄마와 아빠를 데리고 이 집을 떠날 생각이었다. 만약 내가 조금 더 이재에 밝았다면 엄마와 아빠를 설득해서 집을 팔고 조금 더 작은 곳으로 이사를 가 아빠의 빚을 해결했을지도 몰랐을 텐데. 그때의 나는 지금보다 어렸고 제대로 된 공상을 위한 최소한의 재료도 뇌에 들어 있지 않았다. 그런 내게 젠탱글은 엄마가 보기에도 꽤 괜찮은 취미였다. 미사엘이나 안고 다니는 대신 책상에 앉아 뭔가를 하고 있으면 엄마는 들뜬 표정을 애써 감추며 내 방문을 열고 과일이 가지런히 담긴 접시나 착즙자몽주스 같은 것을 넣어준 뒤 살금살금 나

가곤 했다. 그리고 엄마는 아나무스 씨와 점점 가까워
졌다.

　나는 엄마가 아나무스 씨를 집으로 초대해서 수제
비를 해주거나 차를 대접하는 걸 도무지 이해할 수 없
었다. 물론, 그걸 하게 놔두는 아빠도 이해할 수 없었
다. 왜냐하면 아나무스 씨는 엄마 또래의 남자였고 비
록 매력적인 외모와는 거리가 멀었지만 언제나 엄마
를 웃게 했기 때문이다. 엄마는 아나무스 씨가 치아에
문제가 생겨 앞니부터 송곳니까지 몽땅 비운 채로 웃
는 모습에도 좋아서 어쩔 줄 몰라 했다. 엄마는 아나무
스 씨가 도무지 알아들을 수 없는 말로 아무 말이나 지
껄여 대는 것을 들으며 숨이 넘어갈 듯 웃다가도 아나
무스 씨가 음식을 무릎에 흘리면 닦아주었고 심지어
새 꽁지처럼 뻗은 뒤통수 머리카락을 직접 빗으로 빗
겨주기까지 했다. 엄마는 누가 보고 있든 보고 있지 않
든 신경 쓰지 않았고 가끔은 아나무스 씨와 원더마트
에 함께 다녀오곤 했다. 그럴 때마다 나는 기를 쓰고
엄마를 따라갔다. 동네 사람들이 세상 누가 봐도 바보

가 분명한 아나무스 씨와 동생을 기다리는 일에 평생을 몰두한 엄마가 같이 다니는 걸 보고 이상하게 생각할까 봐 걱정이 되었다. 물론 엄마는 내가 삼류 드라마를 많이 본 탓이라고 말하곤 했는데 그때는 억울했지만 지금 돌이켜 보니 맞는 말 같다. 아나무스 씨를 이성으로서 걱정할 사람은 어디에도 없을 테니까.

아나무스 씨의 진짜 이름은 안무성이었다. 그런데 워낙 발음이 안 좋아서 사람들이 자꾸 '아나무스'라고 잘못 알아듣는 바람에 동네 사람들 모두 그를 '아나무스'라고 불렀다. 사실 이름까지 알려줄 필요는 없는데도 아나무스 씨는 만나는 동네 사람마다 붙잡고 이렇게 말하곤 했다.

"안냐세요. 나는 아나무승."

그가 말하는 안무성은 아느무승, 아응무술, 아나무스 등으로 들렸다.

그리고 젠탱글 수업에서도 사람들은 자꾸 아나무스 씨를 '아니무스'라고 불렀다. 그때 나는 그것이 여성의

무의식 속에 있는 남성적 요소를 의미한다는 걸 알지 못했기에 사람들이 '안무성'을 심지어 '아니무스'라고 부르다가 나중엔 '아르마니'라고 부르지는 않을까 하고 혼자 상상하곤 했다.

오전 수업 후 엄마뻘의 수강생들과 나는 아나무스 씨와 함께 식당가에 가서 점심으로 쌀국수를 먹고 후식으로 아인슈페너 같은 것을 마시며 오후 시간을 흘려보냈다. 수강생들은 아무도 내가 껴 있는 것을 어색해하지 않았다. 그들은 당시 인기 있던 두 편의 삼류 드라마 얘기를 하다가 주식 투자 이야기로 옮겨가거나 시댁에서 국밥집 체인점을 내며 벌어진 일, 지하 청과 코너에서 발견한 작은 쥐 이야기를 했다. 그 당시 그 지역엔 쥐의 출몰이 큰 문제였는데 그에 관한 이상한 루머 같은 것들도 꽤 재미있었고, 아나무스 씨가 아무 때나 바보같이 웃어 대는데도 수강생 모두 깍듯하게 선생님이라고 부르며 챙기는 걸 보는 것도 재미있었다. 그 무렵 나는 터무니없이 이상하거나 터무니없이 아무것도 아닌 날들에 딱 맞는 사람이 된 기분이었다. 마치 레고 놀이를 할 땐 레고 피규어가 되는 것처럼.

그 무렵 한국엔 삼류 드라마 광풍이 일었다. 통속적이고 자극적인 드라마야 늘 있어왔지만 그런 드라마를 보고 있다는 사실을 숨기지 않는 것이 그랬다.

욕하면서 보는 드라마라는 별칭이 붙은 한국의 삼류 드라마는 대부분 패턴이 비슷하다. 일단 큰 줄기는 출생의 비밀과 불륜이다. 출생의 비밀엔 주로 기업의 후계자 문제 같은 것이 붙고, 불륜에는 부잣집 딸과 장인에게 천대받는 데릴사위, 그리고 그 남자에게 연민을 가진 가난한 내연녀가 붙는다. 또 회차마다 기겁할 만큼 이상한 일이 한 번은 꼭 벌어지는데 늘 한 회차가 끝나기 직전 엔딩 자막과 함께 나온다. 피자를 많이 먹여서 남편의 살을 찌우는 복수를 한다거나 누가 봐도 알아볼 만한 인물이 1인 2역으로 등장하고 검은 뿔테 안경을 쓰고 안 쓰고로 등장인물끼리 서로를 구분하지 못한다거나 끝없이 우연이 남발되거나 남녀가 밀실에서 토마토케첩을 몸에 바르고 춤을 추며 서로를 유혹하는 장면 같은 것. 키스 신도 우습기 마련인데 짜 장면을 함께 먹다가 면 한 가닥의 양 끝을 물고 다가가 검은 소스를 묻힌 채 키스를 하면 짜장면 키스라는 이름이 붙고, 아귀찜을 먹다 말고 키스를 하면 아귀찜 키스라는 이름이 붙고, 입술에 묻은 비빔면 소스를 닦아 주다가 키스를 하면 비빔면 키스가 되는 식이었다. 작가나 피디는 욕을 먹으려고 작정한 듯이 보였다. 시청자들이 드라마 토크 게시판에 악플을 달아줘서 댓글 참여자가 올라가는 게 목적이라도 되는 듯 말이다. 사람들은 되먹지 않은 이야기의 전개를 보며 적어도 자신의 삶은 그 정도로 엉망진창이 아니라는 것에 안도했을까? 드라마 속 악인은 어이없을 정도로 우스꽝스럽고 미련했다. 화를 내면서도 웃을 수 있는 게 그런 삼류 드라마였다.

시간을 빨리 보내는 방법 중에 젠탱글보다 더 재미있는 것은 마영희의 드라마뿐이었다.

삼류 드라마 속 사람들은 대부분 한국 가옥구조에선 쉽게 찾아볼 수 없는 정원 딸린 2층 대저택이나 펜

트하우스에 살았다. 나중에 젠탱글 모임에서 들은 가옥구조 이야기를 해주자 마로니는 이렇게 말했다.

"사람들은 자신의 삶에서 그따위 일들이 벌어지길 원치 않거든. 그리고 가난한 사람들을 욕할 만큼 매정하지도 않아."

5장

무엇 하나 이상할 게 없는
원더마트

원더마트에는 전국 백화점에서 팔고 남은 재고와 아웃렛에서도 팔리지 않은, 재질은 좋지만 유행엔 한 발 뒤처진 유명 브랜드의 옷들이 가득했다. 원더마트가 아웃렛이라는 부제를 간판에 달고 있으면서도 적절한 품위를 유지할 수 있었던 것은 눈만 밝다면 고급 브랜드의 비싸고 질 좋은 옷을 헐값에 구할 수 있어서였다.

다시 말하지만 미사엘은 취미 같은 게 아니었다. 미

사엘은 내 삶이었다. 내 오른쪽 옆구리에 있는 작은 지방종 같은 것 말이다. 내 취미는 옷을 구경하고 옷을 사는 거였다. 불안정한 수입에도 불구하고 엄마는 내게 카드를 주었고 내가 옷을 사는 것을 내버려두었다. 내가 무엇이든 하고 있기만을, 현실 생활에서 벗어나지 않기만을 원했던 건지도 모른다. 지금도 그것은 변함이 없다.

성인의 인형 놀이는 사회성이 부족해 보이는 면이 있고 성인의 옷 사기는 사회성과 연관되어 있어 보이지만, 내가 그 옷을 입고 밖을 돌아다니며 사람들에게 보여주는 게 목적이 아니라는 점에서 옷 사기는 인형 놀이와 큰 차이가 없었다. 나는 도박에 빠진 사람처럼 돈이 생기면 닥치는 대로 옷을 샀다. 우리 집은 이미 생활을 유지하기 위해 추가 대출을 받아 가계 상황이 어려웠지만, 한편으로 우리 가족은 아빠의 음악감상실 앞 고층 건물에 관공서가 들어온다는 소문 때문에 헛된 희망에 빠져 있었다. 곧 손님이 몰려올 거고 그러면 음악감상실을 처분해서 받은 권리금으로 빚을 해결하자는 게 계획이었다.

　고등학생인 내 방학의 하루하루는 그랬다. 아침에 일어나 미사엘의 때 묻은 얼굴에 뽀뽀를 하고 잠옷을 벗겨 날씨에 맞는 옷을 입혀주고 내가 아침으로 시리얼을 먹는 동안 미사엘도 장난감 밥그릇 세트 앞에 앉혀 한쪽 눈만 뜨고 앉아 아침 식사를 하게 한 뒤 원더마트에 갈 준비를 하는 것이다(나는 가끔 미사엘의 한쪽 눈꺼풀을 손으로 들어 올려주었다. 금세 다시 덮여버리고 말았지만).

　엄마는 내가 미사엘을 돌보고 있을 때면 한없이 행복한 표정을 지었다. 심지어 독감으로 두통에 시달리던 날에도 내가 미사엘을 만지작거리고 있는 것을 발견하고는 행복에 겨운 멍한 표정으로 우리를 보았다. 마치 내가 미사엘이 아니라 자신을 돌봐주기라도 하는 듯. 어느 때건 엄마는 인형 놀이를 하는 나를 방해하지 않았다. 내가 미사엘의 머리를 빗기거나 옷을 갈아입히거나 눈꺼풀을 검지손가락으로 올렸다 내리고 있으면 엄마는 주방에 나왔다가도 조심스레 냉장고 문을 여닫고는 살금살금 방으로 들어갔다. 미사엘과 노는 게 좋기도 했지만, 한편으론 엄마에게 원더마트라는 열차에 올라탈 열차표를 받기 위해 미사엘과 놀아주는 기분이 들기도 했다. 대가를 치르는 기분 말이다.

원더마트에 갈 준비라는 건 이런 거다. 우선 지긋지긋할 정도로 오래 씻고 원더마트에선 팔 것 같지 않은 해외 직구 사이트나 백화점에서 산 옷을 걸치고 집을 나선다.

젠탱글 수업을 듣는 매주 화요일과 목요일을 제외하고 나머지 날은 거의 전부 쇼핑몰을 기웃거렸다. 직원들이 나를 기억하는 걸 좋아하지 않아서 안경을 쓰거나 모자를 쓰거나 정장을 입거나 머리를 묶거나 화장을 하는 식으로 외모에 변화를 줬다. 그럴 때마다 드라마 속 주인공이 안경 하나로 등장인물을 속이는 것과 다를 바 없는 내 행동이 우스웠지만 그것 외에 내가 할 수 있는 게 아무것도 없었다.

마로니를 처음 만난 것은 수요일이나 금요일이었던 것 같다. 나는 그날도 원더마트를 1층부터 샅샅이 돌며 7층 행사장까지 올라갔다. 다른 층들과 달리 7층 행사장은 행사 알림 문자를 받은 나 같은 사람들도 정확히 무슨 브랜드 옷을 행사하는지 늘 알 길이 없었다. 때로는 비비안이나 비너스 같은 속옷, 때론 아디다스나 나이키 같은 스포츠 의류, 때론 엘지패션이나 한섬 계열의 유행 지난 코트들이 있었다. 할인 스티커 위에 더 높은 할인 스티커를 붙이고, 예를 들면 롯데백화점이나 신세계백화점 할인 가격표 위에 AK몰이나 롯데아울렛 할인 가격표 위에 세이브마트나 그랜드마트 할인 스티커를 붙인 채 떠돌다가 뉴코아아울렛을 거쳐 원더마트까지 오는 것이었다. 그래서 어떤 옷엔 많으면 여섯 겹의 스티커가 붙어 있는 경우도 있었다. 처음 판매 가격이 궁금한 사람들이 할인 스티커를 뜯어본 흔적도 쉽게 발견할 수 있었다. 그날은 라인바이린, ab.f.z, EnC, 더틸버리, 로엠, 아젠다, 일루션 같은 서로 조금씩 고객층이 다른 브랜드의 옷들로 구성된 행사

매대가 줄지어 놓여 있었다. 원래 가격이 12만 9000원이거나 21만 9000원이던 옷들이 2만 9000원에서 5만 9000원 사이의 할인 스티커가 붙어 판매되고 있었고, 한쪽 매대엔 1만 9000원부터라는 푯말과 함께 한때는 백화점 옷걸이에 걸려 있던 옷들이 어깨 라인이 늘어지거나 변색된 채로 뒤엉켜 있었다.

매대를 뒤적이던 중 화이트 스팽글 카디건이 눈에 들어왔다. 얼굴을 더 못생겨 보이게 만드는 카키나 브라운 색의 티와 니트들 틈에서 화이트 스팽글 카디건은 눈에 띌 수밖에 없었다. 문제는 체구가 작은 어떤 여자와 내가 동시에 그 옷의 양팔을 잡아당기고 있었다는 거였다. 탄성이 좋은 원단의 옷이 마치 줄다리기용 밧줄처럼 공중에서 팽팽히 늘어졌다. 이런 경우 어느 한 명이 먼저 포기하고 손아귀 힘을 푸는 게 보통인데, 우린 둘 다 그러지 않았다.

눈처럼 반짝이는, 게다가 할인 스티커가 한 장밖에 덧붙지 않았고 게다가 여벌의 단추가 든 주머니까지 달려 있는 옷은 특가 행사 매대에 단 한 장밖에 없을 게 분명했다. 우리가 한참을 스팽글 카디건의 양팔을 말없이 잡아당기고만 있자 종업원이 와서 옷이 손상되면 두 분이 함께 변상해야 한다고 말했다. 그제야 옷을 고르느라 바빴던 사람들이 우리를 돌아보았다. 그 순간 나는 여자의 얼굴을 보았다. 실내에서 렌즈가 큰 선글라스를 끼고 있었다. 디자인 탓인지 개미 얼굴이 떠올랐는데 마스크를 쓰고 있어도 드러나는 무턱 하관과 갸름하다 못해 살짝 뒤집어진 얼굴형 때문에 더 그렇게 보였다.

나는 검은 렌즈의 중앙을 노려보았다. 동공을 보고 싶었지만 잘 보이지 않았다. 그러자 어쩐 일인지 여자는 마스크를 내리고 얼굴을 보여줬다. 한쪽 입꼬리가 살짝 올라가며 여자의 작은 입이 비틀어졌다. 마치 나를 비웃고 있는 듯 한쪽 입술이 비틀어져 있었다. 내가 언젠가 곤충 다큐멘터리에서 보았던 개미 얼굴을 떠올리느라 아귀힘이 느슨해진 틈을 타 여자가 옷을 낚아챘다. 옷은 스팽글이 떨어져 나가며 탱 하고 튀어 올라 조금 우스꽝스럽게 그녀의 품에 안겼다. 마치 내가 쏜 화살을 맞은 것처럼 여자의 몸도 뒤로 홱 젖혀졌다. 내가 결코 좋아해 본 적 없는 긴 검은 생머리, 오래도록 잘라내지 않아 빈약하게 뻗은 머리카락의 끝부분, 때 청바지라고 불리는 탁한 초록빛이 도는 스키니진과 잠금 부분에 큐빅 장식이 달린 앞굽이 뾰족하고 높은 앵글부츠와 벽돌색 골지 목폴라에 흰색 페이크퍼 조끼 그리고 구찌 호보백까지. 그녀는 바짝 마르고 마디뼈가 도드라지고 다소 짧고 검누런 손으로 이제 막 아침 이슬을 뚫고 날아온 흰 비둘기 같은 카디건을 두 손에 꼭 쥐고 천천히 계산대로 걸어갔다.

나는 힐을 신고 원더마트에 오는 사람이 얼마나 지독한 부류인지 잘 안다. 원더마트는 에스컬레이터가 위층으로 바로 연결되지 않도록 동선을 배치해 사람들이 되도록 각 층에 더 오래 머무르게 했다. 모든 층에서 지갑을 열게 하려는 것이다. 엘리베이터는 포기하는 게 낫다. 언제나 꽉 차 있고 절대 제때 내려오지 않는다. 계속 중간층에 멈춰 있다. 그런 원더마트에 앞

굽 높이가 10센티미터가 넘는 앵글부츠를 신고 온다
는 것은 애초에 여러 곳을 둘러볼 생각이 없다는 걸 의
미했다. 표적이 명확하고 그걸 획득하면 언제라도 나
갈 준비가 되어 있다는 뜻이었다.

　나는 더는 매대를 뒤적거릴 기분이 아니었다. 에스
컬레이터를 타고 내려오며 베네통과 시슬리와 모조
에스핀 매장의 옷들을 훑어보았지만 눈에 들어오지도
않았다. 그리고 공교롭게도 개미 여자가 내 바로 앞에,
그러니까 에스컬레이터 한 계단 아래 서 있었다. 힐을
신어도 키가 나보다 작아서 정수리가 내 눈 바로 아래
있었는데 자세히 보니 가발이었다.

　나는 원더마트를 나와서도 그녀를 흘끔거리며 집
쪽으로 걸었다.

　"왜? 나를 관찰해?"

　그녀가 갑자기 뒤돌아서 말을 건 건 주택가로 이어
지는 횡단보도 앞에서였다.

　"집에 가는 거예요. 길 건너 동네요."

"그건 알아."

예상치 못한 답이었다.

"네?"

"네가 딸기맛 웨하스 집에 살고 있다는 걸 알고, 네가 날 관찰하며 따라오고 있다는 것도 알아. 네가 거의 매일 원더마트에서 옷을 사 나르는 것도 알고, 아나무스 씨와 인형 놀이를 한다는 것도."

마지막 말이 아니었다면 그녀를 무서운 여자라고 생각했을지도 모른다. 하지만 나는 조금 안도했다. 그녀가 안무상 씨를 '아나무스 씨'라고 부른다는 것은 동네 사람이라는 증거이며 적당히 매사에 허용적인 사람이란 의미니까.

그런데 내가 아나무스 씨랑 인형 놀이를 한다니! 우리 집 앞 파라솔에 앉아 잠시 인형을 보여준 적은 있지만, 그것도 미사엘의 옷에 대해 이야기하던 중이었지 놀이를 했던 건 아니었다.

나는 조금 웃었고, 우린 곧 친구가 됐다.

내 그럴 줄 알았지, 원더마트는 양질의 물건을 싼값에 공급할 뿐 아니라 영원한 친구도 만날 수 있는 곳이기도 했던 거다. 만약 내가 유명해지고 이 에피소드가 알려지면, 나는 원더마트에서 어떤 협찬, 예를 들면 '원더마트, 친구를 만납니다' 같은 글자가 새겨진 뻐꾸기 괘종시계를 선물로 받게 될지도 모를 일이다. 그렇다면 뻐꾸기는 매 시간마다 뻐꾹거릴 것이고 나는 그때마다 일어나서 미사엘의 옷매무새를 다듬고 미사엘의 볼에 뽀뽀하고 미사엘의 손과 발을 만지작거리겠지.

마로니는 놀랍게도 내 방과 인접한 집, 즉 우리 집 대문을 등지고 봤을 때 왼쪽 집에 살고 있었다. 그 집은 살인 사건이 난 이후로 한동안 비어 있었다.

"그 집이 왜 한동안 비어 있었는지 알아요?"

"살인 사건."

"아는데도 들어왔어요?"

"그렇게 따지자면 우리가 발 딛고 선 어느 한 곳 살인 사건이 일어나지 않은 곳이 없을 거야. 아마 네가

서 있는 자리를 파보면 살인은 물론이고 홍수나 역병
으로 죽은 사람들의 뼈가 수두룩할걸?"

"그건 좀 다르잖아요. 이건 최근에 일어난 일이고
집 안에서 시체가 발견된 사건이니까요. 칼에 찔리고
토막 난 상태로요. 게다가 범인을 아직 잡지도 못했
고요."

"그래서 싸게 샀지, 한결. 얼마나 좋아?"

그러면서 마로니는 방아깨비가 몸을 흔드는 것처럼
허리를 뒤로 젖히며 웃었다. 마로니가 고개를 뒤로 젖
힐 때 선글라스가 가발에 걸려 벗겨졌다. 나는 마로니
의 눈을 그때 처음 보았다. 마로니의 표현을 빌리자면
몽고주름으로 눈의 앞 꼬리가 막힌 꼬막 눈이었다. 그
꼴이 되자 마로니는 또 웃어댔는데 그 모습에 나도 웃
음이 터졌다. 나는 한 가지 결심을 했다. 앞으로 그녀
가 무슨 짓을 하건 그녀 편에 서겠다고. 내가 그때 왜
그런 생각을 했는지는 모르겠지만.

우리는 그날 서로의 이름과 연락처를 주고받은 뒤
각자의 대문으로 들어갔다.

마로니를 두 번째로 본 건 2학기가 시작된 가을의 어느 토요일 오후 네일숍에서였다. 엄마는 네일숍 정액권을 끊어줬다. 내성 발톱을 치료한다는 이유였다. 네일숍은 음악 대신 유튜브 개인 방송을 틀어놨는데, 아마도 잡다한 연예계 소식이야말로 손님과 마찰 없이 수다를 떨 수 있는 재료여서였을 거다.

네일숍 주인은 뾰족한 끌 같은 걸로 내 엄지발톱 양 모서리 부분을 긁고 있었고, 나는 연예가의 미스터리나 괴담, 확인되지 않은 이야기를 다소 음산한 목소리로 전하는 진행자의 입을 뚫어지게 보고 있었다. 신분을 숨기기 위함인지 시선을 끌기 위함인지 모르겠지만 채널 주인은 검은 벙거지를 눌러쓰고 입의 움직임과 손동작만으로 이야기를 전달하고 있었다. 얼굴을 대놓고 보여주지 않는다는 것만으로도 비밀을 엿듣는 기분이었다.

첫 번째 소식은 한 짝짓기 예능에 출현하여 깜찍한 외모와 착한 태도로 출연자는 물론 시청자들로부터 인기를 끌며 방송 활동을 시작한 출연자가 결국 연예계 카르텔과 연관이 있다는 것이었다.

"조폭까지 연루된 거 봐요. 딱 그럴 것 같지 않았어요?"

"네, 뭐 좀 그런 것도 같고."

"좋아했어요?"

"설마요, 아예 관심 밖이었어요. 오히려 싫어하는 쪽이죠. 뭔가 좀 싸했어요."

"손님, 촉이 있구나. 저는 쟤 저렇게 될 줄 알았어요. 문제가 됐던 그 회차에선 대본 개입이 있었대요. 그냥 대놓고 광고한 거죠. 그것도 검증도 안 된 건강식품을."

"여기 일산 쪽에 방송 관계자가 많이 와요. 지인의 지인 이런 식으로 오다 보니 손님이 끊이지 않죠. 쟤 얘기 아무도 좋게 안 했어요."

나는 원래라면 그런 화제로 말 섞는 걸 좋아하지 않았지만, 왠지 그런 상스러운 대화가 긴장을 풀어주어서 내성 발톱 치료에 도움이 될 것 같았다.

어쩌다 보니 연예계 카르텔, 마약, 조직폭력, 방송국

피디, 대기업 스폰서 같은 낱말들이 버무려진 알 필요 없는 이야기에 말려들었고 담임선생님께 한 소리 들을 게 뻔한데도 어느새 손톱에 진주알을 박고 금색 체인 장식을 붙이고 있었다. 물론 내가 고른 건 아니고 주인이 추천한 디자인이었다.

그때, 자료 화면에 마로니 씨의 인터뷰가 나왔다. 우리를 엮어준 하얀 스팽글 카디건을 입고 나온 것도 놀라웠지만, 굶주린 치타 같은 맨얼굴로 나왔다는 게 더 놀라웠다. 무엇보다 놀란 건 화면에 '드라마 작가 마영희'라는 자막이 있어서였다. 그렇다. 나는 마로니가 마영희라는 걸 그 순간 처음 알았다.

"아, 마영희!"

내가 중얼거렸다.

그러자 내 손톱을 다듬고 있던 주인이 모니터를 흘끗 보았다.

"왜? 동생도 마영희 팬이야?"

어느새 주인은 내게 말을 놓고 있었다.

"그냥 좀 알아요."

"그냥 좀? 동생 귀엽다. 요즘 마영희 모르는 사람이 어딨어? 드라마, 아니 막장 드라마 좀 보는 사람들은 마영희를 다 알지."

"막장이라는 표현은 좀 그래요."

"나도 알아, 광부들이 석탄을 캐러 들어가는 가장 깊은 곳. 그걸 모독하지 말라는 거잖아?"

"네, 뭐 그런 의미죠."

"하지만 모독하려고 쓰는 말은 아니잖아. 드라마 내용이 갈 데까지 갔다. 이런 의미니까."

나는 마로니가 입고 있는 흰색 스팽글 카디건이나 마로니가 이사 오기 전에 그 집에서 살인 사건이 일어 났다는 이야기 같은 건 말할 필요가 없다는 것 정도는 알았기 때문에 그저 잠자코 있었다.

"'젤캔허킬', 완전 웃겼지?"

"아, 네."

사실 나는 드라마 '젤리, 캔디, 허니, 킬링'을 웃으며 보진 않았지만 그 정도면 정주행한 셈이었다. 드라마 요약본이 유튜브에 떠돌았기 때문이다. 각 회차별

로 나뉘어져 요약된 '젤리, 캔디, 허니, 킬링'은 도무지
1화를 보면 2화를, 2화를 보면 3화를 보지 않을 수 없
이 편집돼 있었다. 영상 아래엔 어김없이 '욕하면서 보
는 마영희 드라마'라는 댓글이 달려 있었고 그 댓글엔
언제나 엄청난 추천이 달렸다.

그런데 마영희가 마로니라니!

"그러면 동생은 '젤캔허킬' 중에 누가 젤 맘에 들
었어?"

어느새 나는 그녀의 동생이 되어 있었다. 이렇게 되
면 나는 이제 그녀를 사장님이라고 부르면 안 되고 언
니라고 불러야 했다.

"저는 허니요. 허니가 반전 매력이 있잖아요. 복수를
위해 재산을 모아뒀던 게 맘에 들었어요."

"동생 그런 과구나. 반전 좋아하고 정의로운 결말
원하고. 순진하네."

어느새 그녀에게 난 순진한 동생이 되어 있었다.

"그러면 언니는요?"

"난 젤리지, 문제도 일으키지만 해결도 한 방에 했

잖아? 생각해 봐. 허니가 돈을 모았지만 그걸로 복수에 성공한 건 아니야. 젤리가 그놈의 마음을 사로잡았다가 차버린 게 결정적 한 방이었지. 그런데 돈은 어떻게 됐지? 결말이 막 헷갈린다."

"돈을 가방에 담아서 셋이 도로를 달리다가 국도에서 뿌리던 장면 기억 안 나세요?"

"어머, 트롤리 가방에 남자 시신이 들었던 게 아니었나? 돈 뿌린 거야 기억나지. 그런데 돈은 강남역 앞에서 뿌렸잖아. 아니다. 맞다. 돈 두 번 뿌렸지?"

"네, 두 번."

"결국 주인공들도 다 죽잖아? 장례식만 몇 번 나온 건지."

사실 나는 마로니가 우리 옆집에 산다는 사실에 대해 좀 더 생각하고 싶었지만 대충 그런 이야기만 나눈 뒤에 손톱을 요란하게 꾸미고서 집으로 돌아왔다.

나의 미사엘, 아침부터 내내 작은 커피 잔과 플라스틱 과일이 든 접시를 앞에 두고 식탁에 앉아 한쪽 눈만 감고 웃고 있었을. 집에 돌아온 나는 미사엘을 위해 식탁을 정리해 주고 잠옷으로 갈아입히기 전에 뽀뽀를 해주었다. 그리고 미사엘의 손톱을 보았다. 미사엘의 손톱, 나는 미사엘의 손톱을 아주 깊이 생각해 본 적은 없었는데 미사엘의 속눈썹이나 옷 주변을 두른 레이스 장식의 정교함에 비해 손톱은 형편없이 대충 찍어 누른 흔적만 있었다. 인형들에겐 손톱이 없다는 생각이 들자 다시 마로니가 떠올랐다. 마로니의 데뷔작이었던 첫 번째 드라마 '종량제 사랑'에서는 인형의 손톱을 깎아주는 아이가 나온다. 아이는 출생의 비밀을 숨기는 가족에 의해 시골 대저택에 갇혀 사는데, 당시 대저택이라는 설정에 맞지 않는 엉성한 세트 때문에 화제가 되었다. 인형의 손톱이 자란다는 설정뿐 아니라 주인공 아이의 큰아버지로 나오는 주인공이 빗물에 콘플레이크를 말아 먹으면 영안이 열린다고 말한 부분도 화제가 되었다. '종량제 사랑'은 제목부터 이상했지만 이상한 설정과 대사들이 쉬지 않고 나와 오히려 제목이 너무나 정상적으로 여겨질 정도였다.

나는 침대에 미사엘을 눕히고 이불을 덮어주고 뽀뽀를 해주며 생각했다. 이런 장면은 마영희의 드라마에서라면 아무 반응도 얻지 못할 것이라고.

6장

드라마 작가와 삼촌

내가 삼촌이라고 부르는 아빠의 남동생은 엄마가 도서관에서 데려왔다. 엄마가 고양아람누리 아람극장에서 '찰과상'이라는 뮤지컬을 보고 도서관 앞 중식당에서 친구들과 식사를 하고 나서 1층 카페에 들렀을 때, 삼촌은 거기서 낡은 노트북과 얼음만 남은 아이스아메리카노를 앞에 두고 멍하니 앉아 유튜브 방송을 보고 있었다. 엄마는 행색만 보고도 삼촌이 어떤 상황인지 알아챘고, 그날부터 삼촌은 우리 집에 들어와 살게 됐다. 삼촌은 원래 단역배우를 하며 영화 공부를 하던 사람이었다. 해충이 나오는 호러물을 만드는 것이 그의 꿈이었지만, 구더기나 바퀴벌레를 몰고 다니는 재능이 있는 게 아닌 이상 해충 호러물은 저예산으로 만들 수 없었다. 삼촌은 종교가 없었지만 삼촌의 외가 쪽 가족(삼촌과 막내 고모는 아빠와는 다른 엄마에게서 태어났고 나는 그 할머니를 본 적이 없다. 오래전에 세상을 떠났기 때문이다) 내력이 기본적으로 종교성이 풍부했고, 그들은 나아가 음모론과 공상과 유사과학이 버무려진 사이비 중에서도 가장 사이비스러운 종교에 흥미를 느꼈다. 놀랍게도 막내 고모는 달걀 점을 보는 무당이었는데, 삶은 달걀을 탁자에 내리꽂아 갈라지는 금을 보고 사람들 점을 봐주었다. 이렇게 글로 적고 보면(문장이란 대부분 제정신의 산물일 테니) 황당하지만 삶에서는 이상한 게 아니었고 오히려 흥미로운 것이었다. 온 세상에 말도 안 되는 일이 수두룩한데 달걀껍데기의 균열로 점괘를 읽어내는 것이 왜 말이 안 되겠는가! 막내 고모는 다 쓴 건전지를 활용해 전구에 불이 들어오게 하거나 머리카락에 정전기를 일으켜 사자머리를 만드는 등의 저급한 마술쇼로 먹고살았다. 내가 먹고살았다고 표현한 것은 관용적 표현이 아닌 진실이다. 그녀는 마술쇼로 이름이 알려지자 바로 유튜브 먹방 채널을 시작했다. 보통 사람이라면 비싸서 먹지 못하거나, 역겨워서 먹지 않을 음식을 먹는 유튜버로 상당한 수익을 냈다. 처음엔 재료를 구하는 게 쉽지 않은 희귀하고 혐오스러운 재료들을 먹다가 나중엔 평범한 음식을 먹으며 라이브 방송 채팅 상담으로 점을 쳐주었다. 질문에 대한 답으로 전구에 불이 들어오게 하거나 머리카락이 곤두서는 정전기 점이었다. 언제나 채팅창과 영상 댓글에는 지난 방송에서 점괘로 문제가 해결된 사람들의 사연이 올라왔다.

"이 사람과 헤어질까요? 하고 물으면 헤어지라는 점괘에는 머리카락이 얌전히 있어. 헤어지지 말라는 점괘에는 머리카락이 곤두서지. 생각해 봐. 거기까지 와서 그걸 물을 정도면 이미 헤어지고 싶은 마음이 기본이야. 하지만 헤어지고 싶은 마음만큼 그러지 않으려는 마음이 깔려 있지. 거기 왔다는 건 이미 무슨 답을 들어도 좋다는 의미야. 진짜 헤어질 사람이나 진짜 헤어지지 않을 사람은 점을 치러 오지 않을 테니."

복채가 높은데도 불구하고 어찌 그런 곳에 많은 이들이 찾아 들었을까 하고 의문을 갖는 나와 마로니에게 삼촌이 한 말이었다.

"하긴, 모든 사람은 헤어지는 편이 그러지 않는 편보다 나을 테니, 무조건 헤어지라고 하면 되겠군. 모든 관계의 종말은 헤어지는 게 나으니까."

마로니가 대답했다.

YES와 NO 둘 중 하나로 인생을 정해주는 방식에 사람들은 만족해했다. 그들의 인생이 너무 복잡했기 때문에.

삼촌과 마로니와 나, 우리 셋이 친구가 된 건 자석끼리 끌리는 것처럼 자연스러운 일이었다. 삼촌처럼 자력이 강한 사람은 없었다. 삼촌은 가만히 있어도 이상한 사람이 매일 달라붙었다. 삼촌과 지하철을 타면 꼭 난동을 부리는 광인을 만났고 심지어 그 광인은 지상까지 우리에게 따라붙었다. 삼촌과 식당이나 마트에 가면 꼭 각종 소동을 보게 되었다. 예를 들면 연인이 헤어지며 서로의 얼굴에 물을 끼얹거나 따귀를 때리고 일어서다 발이 꼬여 엎어지는 일 따위 말이다. 간혹 삼촌을 따라 외출할 때면 오늘은 또 어떤 소동을 보게 될지 기대됐다.

반면 아빠는 전혀 달랐다. 생을 통틀어 아빠에게 일어난 소동 중 아빠와 관련된 건 부동산 사기를 당한 것 외엔 없었다. 사건의 대부분은 삼촌에게 일어난 일의 작은 여파나 엄마에게 혹은 나에게 일어난 일들의 뒤처리 정도가 아니었을까?

마로니 집에 처음 초대받은 날을 나는 잊을 수가 없다. 바로 옆집인데도 마로니는 집 앞까지 우리를 마중 나와 있었다.

전통시장에서 사 온 큰 식혜병을 안고 있는 삼촌의 모습이 우스웠던 건지 삼촌이 레자 롱코트를 입은 게 우스웠던 건지 마로니는 우리가 다가오기도 전에 방 아깨비처럼 허리를 뒤로 젖히고 손뼉을 치며 웃어댔다. 그걸 본 삼촌이 팔뚝으로 나를 쳤다.

"저 나사 하나 빠진 사람이 정말 드라마 작가 마영희야?"

삼촌이 아주 작게 말했고 나는 고개를 끄덕였다.

삼촌은 손짓이나 몸짓이 매우 부드러웠고 웃을 때는 더욱 그런 분위기여서, 마른 몸에 골격이 거친 마로니와 만나는 순간, 나는 마치 모양이 다른 두 개의 레고 조각이 꼭 들어맞는 것 같다고 생각했다.

마치 패션쇼에서 워킹을 마치고 퇴장하는 신인 모델들을 격려하는 수석 디자이너처럼 마로니는 걸어오는 우리에게 큰 박수를 보냈다.

삼촌은 틈만 나면 이 사람이 정말 마로니가 맞냐고 물었지만 나는 삼촌의 말이 들리지 않는 듯 아무 반응도 하지 않았다.

마로니의 휑댕그렁한 거실 천장엔 과장되게 큰 샹들리에가 달려 있었고 마크 로스코와 에드워드 호퍼

의 모작으로 보이는 그림들이 벽에 포개진 채 기대어
져 있었다. 거실 창에 드리운 시스루 커튼은 원래 그런
건지 때가 타서인지는 알 수 없었지만, 그 회색빛 커튼
때문에 반투명한 은빛 가루 같은 것들이 거실 여기저
기에 둥둥 떠다니는 것처럼 보였다.

　우리는 소파에 앉지 않고 식탁에 둘러앉았다. 10인
용은 되어 보이는 원목 라운드 식탁은 내 키보다 큰 대
형 샹들리에나 대리석 타일과는 어울리지 않았지만
꽤 근사했다.

　마로니가 우리를 위해 내온 음식은 원더마트 지하
스낵 코너에서 사 온 게 분명한 떡볶이와 순대와 연어
샐러드와 에그타르트와 닭강정과 떡꼬치였다.

　삼촌은 음식들을 보자마자 웃었다. 스타벅스 테이
크아웃 잔에 든 음료는 총 여섯 잔이었다. 민트초코프
라프치노와 화이트초코프라프치노와 딸기프라페 그
리고 히비스커스와 자몽허니블랙티와 디카페인커피.
우리가 어떤 음료를 좋아할지 몰라서 여러 잔을 준비
했다는 말이 끝나기가 무섭게 배달 음식이 도착했다.

해물찜이었다. 그 만남 이후로 우린 마로니의 집에 모이면 거의 해물찜을 시켜 먹었는데 그때마다 나는 제리미니베리가 생각났다. 제리미니베리가 그 식당의 아귀찜과 알찜을 좋아했기 때문이다. 제리미니베리는 우리 식구는 물론이고 나와도 별다른 사건이 없었다. 그저 끝없이 함께 먹고, 먹을 음식을 고른 게 전부였다. 나는 생각보다 자주 제리미니베리와 먹은 음식들을 떠올리곤 했다. 적어도 우리가 함께 먹어보지 않은 배달 음식이 없는 건 확실했다.

"여기서 직접 한 건 뭐예요?"

"테이블 세팅."

정말 모든 음식이 남이 만든 음식이었다.

"이럴 거면 우릴 식당으로 부르지 그랬어요. 그리고 이렇게 많이는 못 먹을 것 같은데."

"집으로 누굴 초대해서 먹고 싶은 걸 몽땅 시켜놓고 먹는 게 내 로망이었어. 망고빙수도 시키고 싶었는데 그건 다음에."

그 말을 할 때 마로니는 진짜 행복해 보였다.

나는 몽땅 시켜놓고 먹는다는 말이 멋지다고 생각
했다.

그리고 만약 제리미니베리가 진짜로 엄마의 여동생
이었다면 그녀도 여기 이 자리에 껴서 함께 해물찜을
먹었을 거란 생각이 들자 조금 슬퍼졌다. 어떤 존재는
생각만으로도 그저 슬퍼진다. 사랑하지도 미워하지도
않았는데, 나는 왜 제리미니베리를 생각하면 당장 울
고 싶어졌던 걸까?

"자, 이제 그 이상한 집단 이야길 해봐요. 전에 은수
가 조금 얘기해 줬거든요."

모든 음식을 조금씩 맛만 보던 마로니가 말했다.

"삼촌, 2인 1조부터 얘기해."

"2인 1조? 집단 이름이야?"

"이름은 좀 복잡한데 앞 자만 떼어서 말하면 바셀린
이었지."

"몸에 바르는 바셀린?"

"응, 철자는 같아."

마로니와 삼촌은 어느새 가까운 사이처럼 편하게

대화했다.

　나는 조금 웃음이 나왔는데 우리 가족이 그 집단의
이름을 처음 들었던 날 엄마가 삼촌에게 비슷한 질문
을 했기 때문이다. 입술에 바르는 바셀린이냐고 물었
었지, 아마.

　"내가 바셀린 사람들을 처음 만난 건 콜라 때문이었
어. 콜라는 별명이야. 콜라를 끼고 살았거든. 콜라는 사
고로 세상을 떠났어. 무슨 사고였는지는 말하지 않을
게. 나는 한동안 무기력증에 빠져 있었어. 우리가 함께
쓰고 있던 시나리오도 마무리 짓지 못했지. 그런데 짐
정리를 하다가 콜라가 우리 집에 두고 간 세이코 손목
시계를 찾은 거야. 그게 우리 집에서 자고 간 날 사라
졌다고 했었거든. 책상 아래, 침대 아래, 소파 아래는
물론이고 찾을 수 있는 곳은 다 찾아봤는데 결국 못 찾
았었어. 늘 차고 다니던 거지만 값비싼 건 아니라며 콜
라도 대수롭지 않게 넘어갔지. 그런데 그게 나온 거야.
책상 아래에 두꺼운 종이로 된 서류 보관함이 세 개 있
었거든. 서류나 영수증, 영화 팸플릿 같은 걸 분류하

116

지 않고 막 꽂아두는. 그런데 그게 그 종이들 사이에 껴 있었던 거지. 그래서 콜라의 남동생에게 연락을 했어. 다행히 연락처가 있었거든. 같이 영화 시사회도 가고 했으니까. 걔 이름이 은우야, 어쨌든 합정역 4번 출구 우체국 옆에 있는 스타벅스에서 만났어. 은우는 집이 목동인데 거기까지 한 번에 오는 버스가 있었고 나도 그랬지. 한여름이었어. 사고가 있고 1년 만이네, 하고 인사를 나눴으니 유월이었네."

삼촌은 마치 마로니에게 그 이야기를 하려고 평생을 기다려왔던 사람처럼 쉬지 않고 이야기를 이어갔다. 삼촌의 이야기는 내게 이야기했을 때와 조금 다른 부분, 예를 들면 둘이 만난 곳이 합정역 우체국 쪽 스타벅스가 아니라 합정역 백주년기념교회 근처 투썸플레이스라는 걸 빼고는 거의 같았다. 그 이야기는 이렇다.

"그동안 힘들었지? 연락도 못 하고 미안하다."

"저도 부모님도 잘 지냈어요. 지호 형도 그렇고요."

"지호?"

삼촌은 콜라 외에 지호라는 이름의 누군가가 그 집에 같이 살게 되었거나, 어떤 상징적인 의미일 거라고 생각했다. 하지만 그건 콜라의 이름이 맞았다.

"네, 형들이 콜라라고 부르는 지호 형이요."

"그래, 지호도 하늘에서 잘 지내고 있을 거야."

"형, 우리 형이 죽은 줄 알았죠? 우리 형은 살아 있어요."

삼촌은 잠시 혼란스러웠다. 장례식에도 다녀왔었기 때문이다. 하지만 아무리 생각해도 은우가 이상해 보이지는 않았다.

"지호가 살아 있다고?"

"네, 오늘도 지호 형이 나가라고 해서 나왔어요. 사실 다른 친구들이 안부를 묻거나 해도 형이 더는 연락하지 말라고 해서 인사만 받고 말았거든요."

삼촌이 여기까지 이야기했을 때 마로니가 껴들어서 이것저것 물었지만 그 부분은 생략한다. 마로니도 당신과 똑같은 것들을 궁금해했는데 이 이야기는 그냥 들어야 하는 이야기이기 때문이다.

"형, 우리 형이 죽은 줄 알았죠?"

"그렇지, 그런 줄 알았지. 무슨 사정이 있었구나."

"네, 이래서 우리 형이 형을 만나라고 했나 봐요."

삼촌은 콜라가 어떤 위험한 일에 연루되어 있음을 직감했다.

"지호, 괜찮은 거야?"

"그럼요. 너무 잘 지내요."

"지금 어디서 지내?"

"우리 집에 같이 있어요."

"그래도 돼?"

"그래야죠."

"일단 다행이다. 뭐가 뭔지 모르겠지만 너무 다행이야."

삼촌은 눈물이 쏟아질 것 같았다. 다시 콜라를 만나면 세이코 시계를 전해주고 삼겹살을 먹으러 가고 영화 이야기를 할 것이었다.

"사실 저 여기 안 나오려고 했어요. 그런데 우리 형이 꼭 가야 한다는 거예요. 형에게 받을 게 있다고 했어요."

그때야 삼촌은 눈물이 터졌다.

삼촌은 세이코 손목시계를 호주머니에서 꺼내 은우에게 쥐여주었다.

"이거였군요. 시계가 멈춰 있네요?"

"시계 약 넣어줄까?"

"아니에요. 제가 할게요. 그냥 가지고만 있어도 되고."

"그럼 내가 뭘 도와야 하니?"

삼촌은 어떤 사정인지는 모르겠지만 숨어 지내고 있는 콜라를 돕고 싶었다.

"실은 오늘 우리 형이랑 여기 같이 왔어요."

"콜라는 어디 앉아 있니? 이렇게 집 밖에 나와도 되는 거야?"

그 말을 듣고 삼촌은 카페 안을 둘러보았다. 벽면으로 꺾이는 자리 쪽이 보이지 않았지만 섣불리 일어나지는 않았다. 어떤 이유로든 안 보이는 곳에 앉아 있는데는 다 이유가 있을 거라고 생각해서였다.

"사람이 너무 많고 여기가 냉방이 좀 심하잖아요. 그래서 먼저 돌아갔어요."

"아, 그렇구나. 그래 내가 집으로 한번 갈게. 그때 보면 되지. 세상에, 콜라가 살아 있다니."

삼촌은 또 눈물이 터졌다.

은우가 티슈를 가져다줬다. 삼촌이 휴지에 코를 풀자 케이크를 먹고 있던 옆자리 사람들이 삼촌과 은우를 흘깃거렸다.

"형은 지호 형이 죽은 줄 알았죠? 아니에요, 살아 있어요."

은우가 다시 앞에서 했던 말을 반복했다.

"그럼 콜라는 버스 타고 갔어?"

삼촌은 문득 조금 더 일찍 와서 콜라를 보지 못한 게 미안했고, 택시라도 태워 보냈어야 했다는 생각이 떠올랐다. 왜냐하면 살아 있다는 사실을 숨겨야 하는데 버스는 어쩐지 위험할 것 같았으니까.

"걱정 말아요, 형. 우리 형은 2인 1조로 다녀요. 혼자가 아니에요."

"2인 1조? 누구랑?"

"우리 형을 지켜주는."

"아, 위험하니까. 그렇구나. 충격이 컸을 테고."

"형은 우리 형이 죽은 줄 알았죠?"

"죽은 줄 알았지. 아마 모두 그렇게 알고 있을 테고."

"왜 형을 만나라고 했는지 이제야 알겠어요."

"그래, 당연하지, 내가 얼마나 친했는데, 그리고 얼마나 슬퍼했는데…. 이제라도 알았으니 됐어. 정말 고맙다. 그럼 언제 만날 수 있는 거야? 휴대폰은 개통했어?"

삼촌이 코를 풀거나 눈물을 닦는 동안 은우는 자애로운 표정으로 삼촌을 지켜보며 그 말, '우리 형이 죽은 줄 알았죠?'를 반복해서 말했다.

그리고 다음 주에 삼촌은 콜라를 만나기 위해 서초역의 한 건물로 가게 되었다. 그곳엔 사람들이 500명 정도 모여 있었다. 그들은 하나같이 똑같은 말을 했다. '○○가 죽은 줄 알았죠? 그런데 사실은 아니에요' 같은.

모두 가족이나 연인, 친구를 잃은 사람들이었다. 삼촌은 한 계절 이상을 그곳에 오갔다. 하지만 끝내 콜라를 만나지 못했다.

당신이 지금 묻고 싶은 것처럼 마로니도 삼촌에게 물었다.

마: 콜라를 직접 만났는가?
삼: 직접 만나거나 목소리를 듣지 못했다.

마: 살아 있다는 건 사실인가?
삼: 가족들은 그렇다고 주장했다.

마: 2인 1조의 정체는 무엇인가?
삼: 바셀린의 주장으론 수호천사라고 한다.

마: 그러면 귀신을 본다는 건가?
삼: 그들은 산 사람이라고 주장한다.

마: 그들이 거짓말하는 것처럼 보였는가?
삼: 그렇지 않았다.

마: 그들이 이상해 보였는가?
삼: 그렇지 않았다.

마로니가 이 일을 어떻게 생각하는지 물었고 삼촌은 안타깝게 생각한다고 말했으며, 정말 콜라가 살아 있다고 믿느냐는 질문엔 아니라고 대답했다. 그제야 마로니는 질문을 멈췄다.

명백히 웃을 만한 이야기인데도 아무도 웃을 수 없었다. 그런 일들이 있다. 슬픔을 봉인한 채로 우스꽝스러워진 이야기들.

이어서 마로니는 집을 구경시켜 주었다. 그런 뒤에 식탁에 앉아 삼촌과 마로니가 서로의 공통점을 이야기했고, 우리는 다시금 삼촌이 빠졌던 사이비 종교 얘기로 넘어갔다. 삼촌이 2년 동안 빠져 있던 집단 이야기였다. 처음엔 영어 공부 모임인 줄 알고 찾아갔던 그곳에선 두 가지 사역을 했는데, 하나는 라디오 전파를 통해 신의 음성을 분별하는 것이었다. 마로니는 듣는 내내 눈물을 흘리거나 기침을 해댈 정도로 신나게 웃어댔다. 웃을 때마다 허리를 활처럼 뒤로 젖혔고 과장된 손동작으로 손뼉을 쳐댔다. 가끔 양 손바닥이 정확히 들어맞기라도 할 때면 짐이 거의 없는 넓은 거실 가득히 커다란 박수 소리가 뻥 하고 울렸다.

전파 통역을 한답시고 벌어졌던 기괴한 일들 중에서 마로니가 가장 관심을 가졌던 일은 모임 사람들 대부분이 생업의 어려움을 벗어나 있었다는 점이었다.

"그래서 얻고자 하는 것이 결국 젊음이라니. 삶은 드라마보다 더 우습다니까."

그렇게 말하긴 했지만 마로니는 삼촌이 그 집단에서 빠져나온 뒤 이름까지 바꿔야 했던 사연을 들으면서 눈물을 글썽거렸다.

"그래서, 지금은 정신 차렸고? 쏘리, 나쁜 뜻은 아니고."

"괜찮아. 그 정도는. 지금은 그런 거 안 해. 다만."

"다만, 뭐?"

"카이로프랙틱과 명상 수련을 하는 곳에 취미로 다녀볼 생각이야."

갑자기 마로니가 웃음을 터뜨렸다.

"명상이라, 각이 나오는데? 그런데 사이비는 왜 항상 뭐와 뭐를 섞는 거지?"

"사이비 아니야. 몸과 마음의 건강을 단련하는 곳이지."

"쏴리, 쏴리. 계속 얘기해."

자, 이것은 소설이다. 그런데 이것이 영화라면 아마이럴 거다. 우리의 다음 시퀀스는 일산 풍동의 어느 부실 건물 지하다. 건물로 들어가면 카를 라거펠트의 샤넬 패션쇼에 등장했던 로켓 발사실 같은 환상적인 공간에 매트리스가 가득 깔려 있다. 요가 매트리스 정도의 두께가 아니라 토퍼 수준의 두께에 우주복 같은 재질의 매트리스들이다.

이것이 영화라면 우리는 거기서 이상한 동작, 특히 우주복을 입은 치료사의 지시에 따라 골반 돌리기를 하고 있어야 할 것이다. 그리고 대체의학이나 유사 과학을 비웃던 마로니가 리듬체조를 하다가 정신을 놓아버려서 기괴하게 한풀이라도 하는 듯한 동작에 취한 장면을 보여주겠지. 그리고 놀라서 입을 벌리고 있는 삼촌과 나, 너무나 뿌듯한 표정으로 신음에 가까운 환호를 보내고 있는 치료사의 얼굴이 클로즈업될 것이다. 그리고 예산이 남았다면 특수효과를 이용하여 지하실의 천장이 열리며 하늘로 튀어 오른 마로니가 어느 한 지점에서 멈춰서 우리가 상상도 못 할 속도로 공중회전을 하는 모습을 보여줄 것이다. 물론 이것은 영화가 아니고, 물론 이것은 거짓이 아닌 자전적 소설이므로 나는 그 부분에 대해서 이렇게 다시 적는다.

몇 가지 경건을 가장한 의식과 명상 후에 우리는 매트리스 위에 각자 누워 몸을 늘리거나 비트는 기본동작으로 몸을 풀었다. 그때까지만 해도 마로니에겐 아

무 일도 없어 보였다. 물론 나에게도 그랬다. 삼촌에게
도 역시.

그런 후 우리 모두 일어나서 정신이 아련해질 것 같
은 근본 없는 음악, 그것도 거의 들릴 듯 말 듯한 음악
을 들으며 치료사가 우리 한 명 한 명의 척추뼈를 손으
로 만지게 내버려두었다. 우리의 몸을 만지는 손에 어
떤 성적인 의도도 없다고 느껴졌다. 다만 바로 최면을
걸기엔 쑥스러워서 뭐라도 해보려는 듯한 동작으로
느껴졌다.

그는 어깨나 골반을 손으로 툭툭 치며 내 몸을 회전
하게 했는데 나는 그에게 만족을 주지 못했다. 나는 자
연스럽고 리듬감 있게 몸을 돌리지 못했다. 아마 그에
겐 그저 흔한 몸풀기 체조 정도, 정성도 의식도 전혀
개입되지 않은 무심한 동작으로 보였을 것이다.

"제가 몸치라서요."

"노, 노, 이건 몸치와 상관없…"

그의 말투는 뒷말을 마무리 짓지 않고 끝내는 식이
어서 더 진실하지 못하게 느껴졌다.

"일단 몸을 돌리고 있어봐요. 자, 다음."

치료사는(닥터 정이라고 부르라고 했지만) 삼촌에게도 허리돌리기와 팔돌리기를 시켜보더니 그리 만족스럽지 않은 표정을 지었다. 그리고 드디어 마로니! 마로니는 치료사의 손이 닿기도 전에 마치 긴 막대에 반지를 걸어 돌리듯이 허리를 돌려댔다. 그 동작에서는 기괴함과 노련함과 성스러움과 천박함이 동시에 묻어났고, 한 치의 삐걱거림과 위태로움도 보이지 않았다. 간혹 안경원에 가면 있는 진자운동 모빌을 본 적 있는가? 긴 막대 양 끝에 동그란 쇠구슬들이 달려 있고 무거운 쇠막대가 시소처럼 흔들리면 양쪽에 구슬 달린 막대들이 일정한 비율로 빙빙 도는. 마로니는 마치 건전지를 낀 전동 모빌처럼 쏴쏴 소리를 내며 빠르게 돌고 있었다. 가발은 진즉에 벗겨져 안에 쓴 그물망이 너덜거리고 있었다. 우리 모두 할 말을 잃고 마로니를 보고 있는데 치료사가 갑자기 마로니의 어깨에 손을 얹더니 이상한 주문을 외웠다. (이 주문은 아무리 기억하려 해도 기억나지 않는다. 돌아라였는지 달려라였는지. 여하튼 뭘 하라는 말은 분명했다.) 그러자 마로니는 팔다리를 짝 벌렸다가 온몸을 뒤틀었다. 온몸의 뼈를 벌리기로 작정한 듯 마로니의 몸은 당겨지다가 쪼그라들기를 반복했다. 그리고 나중엔 호러 영화에나 나올 듯한 공중회전까지 했다. 물론 조금도 신비롭거나 멋지지 않았다. 공중회전이라고 하니 근사한 것을 생각할지도 모르지만 정말 보기 민망한 펄떡거림에 불과했다. 치료사는 놀라서 입을 다물지 못하면서도 애써 아무렇지 않은 척했고 마로니를 보며 어쩔 줄 몰라 하는 우리에게 계속 허리를 돌리라고 손짓했다. 우리는 허리를 돌리며 마로니가 하는 동작을 흘끔거렸다. 아마 삼촌도 그랬겠지만 나도 명상에 젖어 들어서 허리를 돌리고 있었던 건 아니다. 단지 혼자 난리 부르스를 치고 있는 마로니에 대한 예의였다. 우리가 허리라도 돌리지 않으면 마로니는 뭐가 되겠는가. 정신이 들자마자 다시 정신을 잃고 싶어질 게 분명했다. 결국 마로니는 치료사가 멈추라고 해도 몸을 활처럼 뒤로 젖히고 메뚜기같이 날뛰기를 멈추지 않았고 치료사는

130

욕설을 퍼부으며 우릴 내쫓아 버렸다. 마로니는 계단을 올라 지상의 빛을 본 뒤에야 정신을 차렸는데, 마로니가 가발을 놓고 왔다는 걸 알고 삼촌이 다시 내려가 문을 두드릴 동안 마로니와 나는 계단 중간에 서서 겨우 웃음을 참았다. 치료사가 문을 열고 욕을 하며 가발을 던지고 나서야 우리는 소리 내서 웃기 시작했다.

"그만 웃어. 일단 집에 가서 웃자고. 사람들이 보잖아."

"보든 말든. 우리가 누군지 어떻게 알겠어?"

마로니가 능숙하게 가발을 눌러쓰며 말했다.

"대체 왜 그런 춤을 춘 거야?"

"몰라, 그냥 몸을 최대한 늘렸다가 오므렸다가 하고 싶었어. 저 사람 완전 사이비는 아닌가 봐. 어깨며 허리가 너무 시원해."

"진짜, 왜 그랬냐니까?"

"모르겠어. 그냥 그렇게 됐어."

"그 아저씨는 이런 장면은 태어나서 처음 본다는 눈빛이었는걸요."

내 말에 마로니가 또다시 허리를 뒤로 젖히며 웃었다. 제대로 고정되지 않아 덜렁거리는 마로니의 가발을 보며 나도 따라 웃었다. 우리가 웃음을 멈춘 것은 앞장서 걸어가던 삼촌이 골목으로 사라진 뒤 한참이 지나서였다.

7장

삼촌과 제리미니베리

엄마가 우리 집에 데려온 삼촌은 친할머니 팔순 잔치 때 제리미니베리를 데려왔다. 사실 나의 친가 쪽에서는 제리미니베리에 대해 딱히 관심이 없었다. (여기서 말하는 친가 사람은 친할머니, 큰고모, 둘째 고모이고, 막내 고모는 친가 사람들과 어울리지도 않을뿐더러 나도 직접 만난 적은 없다.) 우리가 웹상에서 수많은 짤과 밈으로 존재하는 집에 살고 있다는 것에 대해서도 관심을 가진 적 없고 한참 웨하스가 문 앞에 산더미처럼 쌓일 때도 아무 말 하지 않았다. 아빠의 집안은 오직 현실의 삶만을 살았다. 그렇다고 SNS나 각종 인터넷상의 활동을 비하하거나 구기려 하지도 않았다. 그냥 그랬다는 거다.

또 하나 중요한 건 친가 사람들이 드라마를 보지 않는다는 거였다. 그들은 대부분 직장이나 전염병에 대해서만 이야기했다. 연금이나 연봉, 코스트코에서 사라진 메뉴 같은 것들도 화제였다. 교회에 출석했지만 딱히 종교에 대해 언급한 적도 없었고, 차를 새로 바꿨을 때나 새로운 사업을 시작했을 때도, 해외여행을 다녀와서도 딱히 말하지 않았다. 벌레 물린 데 바르는 연고, 겨드랑이에 바르는 갱년기 여성호르몬제, 이름이 너무 복잡해서 아무리 들어도 기억나지 않을 건강보조식품 같은 것, 보디스크럽제나 헤어 오일, 친환경 수세미, 자석 파스, 기능성 속옷 같은 것들에 대해서만 이야기했다. 그들에게 미미제과나 메리 소이는 허상에 불과했을지도 모른다. 그들에겐 발뒤꿈치 각질제거제나 손톱강화제 같은 것만이 실상이었다. 그리고 그들은 꽤 자주 대림미술관이나 국립현대미술관의 전시 후기를 말하곤 했다. 그리고 내가 미사엘을 만지작거리는 걸 보고도 어떤 연민의 눈빛을 보내거나 시선을 회피하지 않았다.

"애착 인형을 아직도 가지고 있구나. 어째 넌 그걸 여태 잃어버리지도 않았니?"

"취업할 생각이 있다면 내가 아는 분이 구반포에서 잡화점을 하는데 거기서 한번 일해보는 건 어때? 느슨한 사람들이라서 일이 고되지는 않을 거야."

"자외선차단제는 어디 걸 쓰니?"

"아침에 사과와 당근을 꼭 먹도록 해."

삼촌은 친가 쪽 사람들과는 완전히 달랐다. 삼촌은 극단적인 주장, 예를 들면 비타민 섭취를 막는 미국 제약회사의 권력과 음모, 프리메이슨, 유전자 조작과 기후 조작 같은 이야기에 심취해서 눈을 번뜩일 때가 있다. 나는 가끔 길고 지루한 삼촌의 설명이 짜증 났지만 대부분의 시간은 유쾌했다. 삼촌은 배우 생활을 그만두고 연극영화학과를 지망하는 학생들을 지도하는 입시 교습소를 차렸다. 사실 교습소라고 해도 큰 간판을 내건 것은 아니고 연영과 출신이면서 석사학위를 취득했고 방송 경력도 조금 있는 친구들과 돈을 모아 차린 아지트나 다름없었지만 합격률이 높아서 지방에서 찾아오는 학생이 있을 정도였다. 삼촌은 돈이 된다면 닥치는 대로 학생을 받았고 쉼 없이 가르쳤다. 삼촌은 그들을 실기시험 로봇으로 만들 작정이었다.

삼촌의 연기 교습소 이야기를 계속 적고 싶지만, 삼촌이 제리미니베리를 데리러 온 날로 넘어간다.

삼촌은 제리미니베리를 데려오는 데 있어 허락을 구하기는커녕 통보도 하지 않았다. 그 무렵 나는 제리미니베리를 기억이 아닌 현실에서 만날 일이 다시는 없을 거라고 생각하고 있었다. 법적 다툼이나 우연이 아니라면 말이다. 그런데 친할머니 팔순 잔치에 제리미니베리라니. 정말 삼촌다웠다. 게다가 친할머니는 삼촌과 남이나 다름없었다.

나는 엄마가 대게를 가지러 간 사이 삼촌과 제리미

니베리에게 다가갔다.

"잘 지냈어? 그땐 미안했어. 보고 싶었어."

제리미니베리가 내가 대답할 겨를도 주지 않고 말했다.

"어, 나도."

나는 그렇게 대답했다.

예전엔 다소 멍청해 보이던 제리미니베리가 오늘 한 대사는 정말 완벽했다. 모든 것이 다 들어 있고, 별날 것도 없고, 비굴하지도 무례하지도 않았으니까.

그때 제리미니베리가 멍청함은 온데간데없는 자세로 고개를 숙여 인사했다. 고개를 돌려보니 저만치에 엄마가 서 있었다. 작은 수프 그릇을 든 엄마가 우리 쪽으로 다가왔다. 사브리나팬츠에 플랫슈즈를 신고 한 손에 수프 그릇을 든 엄마는 오드리 헵번 같았다. 수프 그릇 안엔 노란 호박죽이 들어 있었지만.

"잘 지내셨어요? 저는 그냥 그랬어요. 그땐 정말 죄송했어요. 하지만 너무 보고 싶었어요."

제리미니베리가 랩처럼 리듬감 있게 말했고, 엄마

는 제리미니베리의 머리에 호박죽을 쏟아붓거나 수프 그릇을 내던지며 악을 쓰지 않았다. 엄마가 만약 마로니의 드라마 속 인물이었다면 그렇게 했을 텐데 말이다. 엄마는 그저 가만히 있었다. 뭐라고 딱히 대답하지도 않았다. 나는 도무지 엄마의 표정을 읽을 수 없었다. 제리미니베리의 대사가 완벽해서였을까?

엄마는 수프 그릇을 들지 않은 손으로 빈자리를 가리켰다. 오드리 헵번이 했을 것 같은 동작이었다.

나는 그날 문득 내가 엄마의 표정을 종종 잘못 읽어 왔다는 걸 깨달았다. 나는 가끔 엄마가 화를 내고 있을 때도 웃는 듯한 눈 근육 때문에 혼란스러워 하곤 했다. 하지만 그건 도톰한 눈 밑 애교 살 때문이었다. 나는 늘 엄마의 웃음이 비웃음이나 냉소라고 생각했고 그런 혼란스러운 이중 메시지가 엄마의 내면에 도사린 나 혹은 인간에 대한 양가감정은 아닐까 생각해 왔었다.

어떤 일은 드라마에 한 신도 나오지 않을 만큼 사소한데도 불구하고 한 사람을 무너뜨리고, 어떤 일은 누가 보아도 엄청난 사건임에도 불구하고 그냥 수면 아래로 가라앉는다. 드라마는 비록 삼류 드라마일지라도 개연성이 있어야 하지만 삶은 그렇지 않다. 삶은 도무지 아무런 개연성을 가지고 있지 않다. 운동이나 다이어트, 돈 모으기, 시험 같은 걸 빼면 더욱 그렇다. 게다가 개연성 충만한 현실의 사건들에도 언제나 예외의 예가 되는 이가 있다.

나에겐 제리미니베리가 그런 존재다. 이야기 속에서라면 존재할 수 없는, 개연성과 무관한 존재. 아무 이유도 없이 존재하는 존재, 혹은 시스템의 작은 오류 같은 존재.

그렇게 아무렇지 않게 제리미니베리가 다시 우리에게로 왔다.

삼촌이 제리미니베리를 데려온 건 우연이었다. 엄마가 삼촌을 데려온 것처럼.

삼촌이 좀비 영화 단역 오디션에서 떨어지고 집으로 돌아오는 길에 광화문에 내려 영화를 보지 않았다면, 영화관에서 팝콘 통을 안고 콜라를 빨아들이다가 앞 좌석에서 소리 내서 웃어대는 제리미니베리를 발견하지 않았다면 어떻게 되었을까? 어떻게 되긴. 제리미니베리와 삼촌은 다른 어느 곳에서라도 만났을 것이다. 그리고 제리미니베리는 삼촌이 아니더라도 우리 가족 중 누군가와 연결되었을 테고, 결국 다시 우리 집으로 돌아왔을 것이다. 아무 복선이나 장치 없이 돌연.

그 무렵 미미제과의 '찾아주세요' 캠페인은 다행히도 사람들에게 완전히 잊혀졌다. 우리 가족이 바라던 바였다. 그러고 보면 사람들은 쉼 없이 모든 걸 빠른 속도로 잊는다. 다른 나라 사람들도 그럴까? 나는 유독 한국 사람의 이러한 열정과 망각의 곡선이 유독 가파르게 오르내리는 것은 마늘 섭취량 때문이라던 큰 고모의 말이 생각났지만, 당시엔 이유를 들을 생각조차 하지 않았기 때문에 여기 그 이유를 적을 순 없다. 나는 고모에게 마늘을 우리 민족만 먹는 게 아니라고 말하는 대신 손을 가리고 하품을 함으로써 집에 갈 구실을 만들었으니까.

미미제과는 '찾아주세요' 캠페인에 다른 미아와 헤어진 사람들의 얼굴을 올리더니 어느 순간 슬그머니 빼버리고 대신 랜덤 타투 스티커로 판촉의 방향을 바꿨다.

아무 일도 일어날 것 같지 않은 어느 토요일 오후였다. 제리미니베리와 삼촌과 나는 집에서 빈둥거리고 있었다. 엄마와 아빠는 친가 식구들과 밤을 따러 산에 가서 집에 없었다.

"우리 집 2층 천장 말이야, 수리해야 하지 않을까?"

제리미니베리가 멀쩡한 소리를 하는 것이 이상하게 느껴졌다. 마치 한참 연기에 몰입해서 싸우고 있던 배우 중 한 명이 카메라를 보고 시청자에게 한마디 던지는 것처럼 말이다. 게다가 우리 집을 '우리 집'이라고 너무나 당연하고 자연스럽게 말하다니.

"놔둬. 그렇게 흉측하지도 않은데 뭘."

그렇게 답한 것은 삼촌이었다.

제리미니베리와 삼촌이 우리 집 지붕에 대해 말을

이어가고 있는 걸 듣고 있으니 무언가 안심이 되었다. 제리미니베리와 삼촌이 집에 없었다면 나는 오후 내내 무엇을 했을까. 제리미니베리가 미사엘의 옷을 만들고 있는 걸 보거나 삼촌이 골뱅이무침을 만드는 걸 볼 수 없는 삶이라니. 나는 아무 꿈도 없었다. 매일 아침 눈을 뜨면 미사엘의 때 묻은 볼에 한 겹의 때를 더 얹고 미사엘의 옷을 갈아입히는 것 외엔 다음 대사나 행동이 조금도 준비되지 않은 삶을 살던 내게 유일한 즐거움은 그 두 사람이었다.

이것이 드라마라면 내가 맡은 배역은 결핍이 뚜렷하지 않고 그래서 행동할 이유도 쏟아낼 대사도 없는 구경꾼 1일 것이다. 그리고 구경꾼 1의 인생은 다행히 지나가는 사람 1과 지나가는 사람 2가 있어서 조금은 덜 우스꽝스러워 보일 것이다.

엄마는 제리미니베리를 개의치 않아 했다. 엄마 아빠 사이에 무슨 이야기가 오고 갔을 수는 있으나 적어도 내가 알기로는 그랬다. 제리미니베리가 원더마트 스카프와 장갑 코너에서 파트타임 일을 하며 집으로

장을 봐 와도 엄마는 마다하지 않았고, 엄마가 친구들과 순천으로 여행을 다녀온 사이 돈가스를 튀기다가 주방에 작은 불을 낸 것에 대해서도 아무 말 하지 않았다. 그렇다고 엄마가 제리미니베리에게 냉담하거나 관심이 없었던 것은 아니었다.

당연해서 그러는 거였다. 내가 엄마에게 당연하듯 아빠가 엄마에게 당연하듯. 엄마에겐 제리미니베리가 당연했다.

8장

마로니와 제리미니베리

나는 제리미니베리가 우리 집에 온 뒤에도 메리 소이의 꿈을 꾸곤 했다.

내용은 이렇다. 빨간 코트와 흰 모자를 쓴 거대한 일곱 살 메리 소이가 우리 집 문을 두드린다. 4층짜리 건물만큼이나 키가 큰 메리 소이는 허리를 굽혀 벨을 찾아보지만 끝내 찾지 못한다. 메리 소이에 비해 벨은 너무 작다. 게다가 어쩐 일인지 메리 소이는 "제가 왔어요!"라고도 말하지 못한다. 나는 벨을 찾는 걸 포기한 메리 소이가 현관문을 두드려대다가 우리 집이 부서

질까 봐 걱정하다가 잠에서 깼다. 눈을 뜨면 제일 먼저 미사엘을 꼭 껴안고 있는지 확인했다. 그리고 미사엘의 둥글고 매끄러운 플라스틱 발뒤꿈치로 내 입술을 문지르다가 다시 잠이 들었다.

반복되는 꿈이 멈춘 것은 마로니를 만난 뒤였다.

마로니는 말도 안 되는 드라마를 쓰는 작가였지만 제리미니베리가 돌아온 것에 대해서는 이해하지 못했다.

그래서 나는 제리미니베리가 게임에 빠져 있거나 혹은 아르바이트를 갔을 때를 골라 마로니를 만나러 가야 했다.

"어디서 왔는지 모른다고?"

"그렇다고."

"말도 안 돼. 하숙비를 받지도 않는다고?"

"그렇다고."

"주민등록증은 봤어?"

"아니, 안 봤다고."

"그럼, 여권은? 한국 국적은 확실해?"

나는 그 말에 웃음을 터뜨렸다. 제리미니베리는 누

가 봐도 한국인이 분명했다. 그리고 한국인이 아니면 어떤가, 한국말을 하고 한국 음식을 좋아하고 심지어 트로트에 미쳐 있는데.

"웃지만 말고 생각해 봐. 한국인이 맞는지."

"그건 아무래도 상관없어요. 우리와 아무 문제가 없거든요. 게다가 미사엘의 옷을 만들어주기까지 하고요. 엄마는 제리미니베리가 미사엘의 옷을 만들어주는 걸 만족스러워해요."

"작정했네, 작정했어."

"뭘요?"

"넌 추리소설 같은 거 안 보니? 벌써 이 정도면 각이 나와. 네 자릴 노린 거야. 제미니는. 알지? 제리미니베리의 약자야."

"내 자릴 왜?"

"누가 뭘 하든 내버려두는 집, 아무 일도 일어나지 않는 집, 때리거나 욕설하지 않는 부모, 그렇다고 괴상하리만큼 화목하거나 가족주의에 빠져 있지도 않은 가족구성원. 이것은 그야말로 정원과 같은 거지."

마로니는 갑자기 메모장에 뭔가를 기록하며 중얼거렸다.

"밀실 살인과 혼합된 구성. 그 집 딸의 인형 옷을 만드는 범인. 실에 묻은 독."

마로니가 중얼거리는 말을 듣던 순간이 지금도 생생하다. 모든 게 너무 흥미롭게 느껴졌었는데.

다음 해 그 메모는 드라마로 방영됐고 시청률 1위 기록을 갱신했다. 사실 제목부터 황당했는데 드라마 제목이 '자니, 웃니, 죽니'였다. 사실 그런 막장 드라마 작가는 몇 명 더 있었고 마로니가 인기 작가이긴 하지만 톱이라고 할 수는 없었는데, '자니, 웃니, 죽니' 때문에 마로니는 모든 작가들 위에 서버렸다. 시청률은 둘째 치고 논란 면에서 그렇다는 거다. 그렇다고 작품성이 아주 없는 것도 아니었다. 정식 추리소설 기법과 통속 드라마의 클리셰를 잘 혼합한 드라마라는 점만으로도 사람들은 마로니가 진보했다고 평했다.

'자니, 웃니, 죽니'에서 탐정 역을 맡았던 배우도 소위 말하는 톱스타는 아니었는데, 드라마 덕에 인기 스타가 됐고 그래도 되는지 모르겠지만 마로니의 집에 어울리지도 않는 흰색 스웨이드 소파 세트를 선물로 보냈다. 그 일 때문에 마로니는 정말 많이 화가 났다. 물어보지도 않고 일종의 뇌물을 보낸 간교함 때문이었다. 그래서 마로니는 배우와 카톡으로 싸웠고, 그 소식은 휴대폰 수리 기사 때문에 세상에 알려졌다. 하필이면 '소파를 당장 가져가지 않으면 불살라 버리겠다'는 마로니의 카톡 캡처만 공개되었다. 마로니가 '뇌물 따위에 넘어갈 줄 아느냐'고 쓴 부분은 삼촌과 나만 마로니의 휴대폰으로 볼 수 있었다. 유튜브 방송에선 마로니가 소파 디자인이 마음에 들지 않아 화를 냈다고 떠들어 댔지만 마로니는 그런 지라시나 악플을 보고 짜증은 내도 상처는 받지 않았다.

"마로니, 괜찮아?"

"어차피 내가 욕먹는 것도 아닌데 뭘."

삼촌이 눈치를 살피며 물었지만 마로니는 태연했다.

"그럼 누가 욕먹어?"

"마영희가 욕먹는 거지. 내 이름은 마영희가 아니
잖아?"

그렇게 말하고 마로니는 자지러지게 웃었다.

"성이 마씨인 건 진짜예요?"

나는 그때 처음으로 마로니의 이름에 대해 생각했다.

"당연히 아니지 하씨야. 하로니. 그래도 마로니라고
불러. 재밌잖아?"

그게 왜 재밌는지는 모르겠지만 나는 그러겠다고
했다.

나는 마로니가 왜 나랑 어울리는지 궁금했지만 한
번도 묻지 않았다. 마로니가 내게 '그럼 넌?' 하고 물
을까 봐서였다. 나는 내가 왜 마로니와 어울리는지 간
혹 생각했지만 뚜렷한 답을 찾을 순 없었다. 마로니는
가련한 제리미니베리를 의심했고, '자니, 웃니, 죽니'
같은 드라마로 돈을 벌었고, 게다가 유머 감각이 거의
없다고 봐야 할 정도고, 손님 대접에 재능이 없었는데
도 말이다.

사실 이 소설을 읽는 당신은 마로니와 내가 늘 붙어

있었다고 오해할 수도 있다. 하지만 실제로 나와 마로니, 마로니와 나와 삼촌이 함께한 시간은 그리 많지 않다. 마로니는 정말 바빴고, 호수공원 부근의 오피스텔을 사무실로 쓰며 밤낮없이 글을 써야 했다. 다만 내게 어느 누구보다 마로니와의 기억이 많은 건 마로니의 옆에 오직 나만이 있었다는 걸 내가 알고 있었기 때문이다. 그건 나도 그랬다. 가족 외에 혹은 가족을 포함해도 마로니가 가장 가까운 존재였다. 마음의 무게는 기억을 조작한다. 우리가 함께한 시간에 곱하기를 하는 것이다. 나와 내 동생의 시간이 모두 통편집된 것은 우리가 함께한 시간 중에 의미 있는 일이 없었기 때문이다.

나는 마로니 때문에 유일한 관계만이 누리는 우정을 배웠다. 마로니가 나나 우리 가족에 대해 날 선 말을 하거나 한동안 연락이 없어도 마로니에게 진짜 친구는 나 하나뿐이라는 걸 알고 있었다. 나에게도 마로니는 가장 친밀한 존재였다. 엄마나 아빠보다 더. 삼촌이나 제리미니베리보다 더.

내가 구반포의 잡화점에서 일하기로 한 날, 나는 잡화점 주인을 만난 뒤에 할머니와 큰고모와 함께 그 동네의 오래된 팥빙수집에 갔다. 3인분을 시켰더니 냉면 그릇같이 큰 그릇에, 덜어 먹는 작은 국자와 함께 빙수가 나왔다.

"천천히 먹어도 이가 시리네."

할머니가 말했다.

나는 이가 시리지는 않았지만 할머니가 티스푼으로 빙수를 먹고 입을 오물거려 녹이고 다시 빙수를 떠먹는 걸 보며, 그 속도에 맞게 빙수를 먹고 있었다. 시간이 천천히 녹아 흘러내리는 듯했다. 빙수를 다 먹고 자리에서 일어났을 때 나는 문득 할머니가 되어 있는 것은 아닐까. 할머니와 고모는 이미 세상에 없고 나 혼자 빙수 가게를 빠져나가는 모습을 상상하자 빙수 한 스푼마다 좀 더 맛을 기억하며 먹고 싶어졌다.

"맛이 없어?"

"맛있어요. 저 빙수 좋아해요. 우유도 좋아하고 팥도 좋아해요. 위에 올려진 찹쌀떡은 싫지만요."

"우리 집안 식구들이 팥을 좋아하지. 팥죽도 좋아하지?"

"네, 새알은 빼고요."

"알지, 넌 어려서도 꼭 그건 남기고 먹었어. 우리 가족 전부 새알을 안 좋아한단 말이야. 다른 사람들은 아껴 먹던데."

고모가 웃었고 나도 따라 웃었다.

"아사셀에서 일하다가 좀 피곤한 날은 할머니네서 자고 그래. 엄마도 좋죠?"

"은수가 오면 나야 좋지."

"왜 가게 이름이 아사셀일까요?"

"모르지, 설마 아사셀의 염소를 말할 리는 없고. 그죠, 엄마?"

"그 뜻은 아닐 텐데, 주인이 좀 취향이 분명한 사람이라서 또 그런 의미일 수도 있고."

할머니는 우리 대화에 큰 관심이 없는 듯했다.

큰고모는 구약성경의 '레위기'에 나오는 아사셀의 염소에 대해 한동안 이야기했다. 성경 속에서 이스라

엘 백성들은 대속죄일에 염소 두 마리를 두고 제비를 뽑은 뒤에, 한 마리는 신께 불에 태워 제물로 바치고, 한 마리는 산 채로 뒀다가 안수한다. 그리고 한 사람을 시켜 살아 있는 염소는 다시는 돌아올 수 없을 것 같은 먼 광야로 보냈다는 얘기다.

"염소가 도로 따라오지 않았을까요?"

"뭐 어떻게든 했겠지. 염소는 광야를 떠돌다가 굶어 죽든 맹수들의 먹이가 되든 했을 거고."

큰고모는 원래 질문받는 걸 좋아한다. 뭔가 구체적인 걸 물어볼수록 좋아한다. 조금 지루한 표정으로 빙수를 먹던 고모는 나와 이야기하는 게 매우 즐거운 듯 내 쪽으로 몸을 틀고 한동안 아사셀의 염소에 대해 이야기해 주었다. 신학자들의 견해가 다르다는 것, 누군가는 아사셀의 염소가 예수 그리스도의 예표라고 하고, 누군가는 악마의 예표라고 말한다고.

"혹시 염소가 돌아오면요?"

"그러니까 무조건 못 돌아오게 했겠지. 직접 죽이지는 않았겠지만 말이야. 사람들의 죄를 대신 안수받고

짊어진 염소가 돌아온다면 자신들의 죄가 용서받지 못한 기분이었을 테니까. '히브리서'를 읽다 보면 나는 아사셀의 염소가 예수 그리스도의 상징 같아."

"그렇지."

빙수를 혀로 살살 녹여 먹으며 할머니가 대답했다.

"염소는 무슨 생각을 했을까?"

고모가 누구에게 하는지 모를 질문을 했다. 나는 잠시 생각에 잠기긴 했지만 별다른 말을 하지는 않았다. 내가 비록 미사엘을 만지작거리며 살지만 미사엘이 생각을 한다고 여긴 적은 없어서다.

"염소가 무슨 생각을 했겠어요? 그냥 어디 멀리 가나 보다 했겠죠."

"네가 네 아빠랑 성격이 참 비슷해. 상상력이 없어, 상상력이."

고모는 그 말을 하며 새알을 먹었다.

"고모도 찹쌀떡 싫어하지 않아요?"

"기절할 정도로 싫진 않아. 남기기 싫어서 먹는 거야."

우린 2인분만 시킬 걸 그랬다는 말도 했고 팥죽도 시킬 걸 그랬다는 말도 했다. 할머니는 내가 집에 갈 때 팥죽을 포장해 가도록 미리 주문하자고도 했다.

"별일이 다 있었겠지."

큰고모가 중얼거렸다.

들으라고 하는 말인지 혼잣말인지 알 수 없는 작은 소리였다.

"그래, 장사를 하다 보면 그렇지. 너도 아는 그 음악 교수가 단골이었잖아. 그 사람이 유별났어."

"아니, 그거 말고 아사셀의 염소. 기록엔 없어도 돌아온 염소 때문에 난리가 난다거나 하는 일이 왜 없었겠어?"

"외경 기록엔 있지 않을까요?"

"뭐 어딘가에 있을 수도 있지. 뭐든 기록하는 사람은 어디에든 있을 테니까. 너도 뭘 쓰고 그런다며?"

나는 아빠가 그런 말을 했을 거라고 생각하자 조금 언짢아졌다. 내가 뭔가를 쓰고 있으면 나를 놀리거나 거창한 기대를 하는 말을 해서 당장 그만두고 싶어지게 만들었기 때문이다.

"드라마 쓰려고? 너 드라마 작가랑도 아는 사이라며?"

큰고모가 물었고 나는 잠깐 뭐라고 대답해야 할지를 생각했다. 내가 마로니에 대해 아는 것, 알았던 것, 내가 알게 될 것들에 대해.

"그게 쉬운 게 아니라서요."

"세상에 쉬운 게 어딨니? 너 일산에서 구반포까지 아침 10시까지 오는 건 쉬운 줄 알아?"

사실 고모가 한 말은 음성이나 눈빛으로는 아주 순수하고 따스했다.

우린 그 많던 빙수를 다 먹고 일어났다. 큰고모와 할머니는 나를 데려다주는 김에 우리 집에 들렀고 그 틈에 쥐가 우리 집에 들어왔다. (앞에서도 언급했지만 원더타운은 늘 쥐가 문제였다.)

나는 그날 엄마가 죽이지 않고 밖에 놓아준 쥐를 보며 아사셀의 염소를 생각했지만 아무에게도 말하지 않았고 사실 말할 틈도 없었다. 엄마는 잡화점에 무슨 물건들이 있는지 알고 싶어 했고, 크리스털 뚜껑 휴지통을 하나 사겠다고 했다.

"그래서 뭐 교육 같은 거 받았어?"

삼촌이 물었다.

"교육이랄 게 없어. 그냥 물건을 파는 거야."

내가 말했다.

"그래도 네가 우리에게 연락한 시간을 보면 꽤 일이 많았다는 건데."

고모가 말했다.

"출근해서 할 일과 퇴근 전에 할 일을 배웠어요. 장부 쓰는 법도 배웠고요. 거긴 진짜 종이 노트에 장부를 쓰거든요. 예전 장부도 보여줬어요."

"알아, 그 검은 장부."

"사장님은 매일 손님이 물건을 사 갈 때면 그 손님이 다시 오지 않기를 원한다고 했어요." (나는 또 아사셸의 염소가 생각났지만 말하지 않았다.)

"단골 장산데 왜?"

"아, 뒤에 덧붙인 말이 있어요. 쇼핑백을 들고 오지

않기를 바란다고 했어요."

"아, 반품."

고모가 그제야 고개를 끄덕였다.

"그래, 그 피아노 교수가 주인이랑 다투고 나서 반
년 동안 샀던 물건을 싹 다 반품한다고 캐리어에 끌고
왔었지."

할머니가 말했다.

"피아노 교수가 그런 짓을 했어요? 그럴 사람이 아
닌데."

고모와 할머니가 우리 가족이 모르는 피아노 교수
이야기를 했고 삼촌이 몇 번 껴드는 통에 그 이야기는
얼마간 더 이어졌다.

나는 물건을 사 간 사람이 다음 날 불룩한 쇼핑백이
나 장바구니를 들고 미안한 표정으로 가게에 오면 반
품이나 교환이 분명하다는 것, 특히 반품일 경우 계산
이 복잡해지고 종이 장부를 다시 적어야 하니 비슷한
가격대의 다른 물건으로 교환해 가도록 유도하라는
것, 돈을 돌려주는 것은 아깝지 않지만 사장님은 장부

를 지저분하게 만들고 싶어 하지 않는다는 것, 차액은 손해를 보더라도 괜찮으니 안 받아도 된다는 것, 그리고 깨끗한 장부를 위해서 물건은 안 팔아도 좋으니 반품은 없도록 하라고 했다는 이야기는 하지 못했다.

나는 주인이 재미있었다. 마치 돈 때문이 아니라 장부를 쓰기 위해 장사를 하는 것처럼 느껴져서였다. 나는 장부 기록 놀이를 위해 고용된 사람이란 생각이 들자 조금 웃음이 나왔다.

"그날 일진이 좋아서 들뜬 사람을 조심해. 약간 흥분해서 이것저것 환호하며 사는 사람 말이야. 스카프 같은 거 어울린다고 추임새 넣지도 말고. 그나마 우울한 얼굴로 아무거나 사러 온 사람은 나아. 귀찮아서 반품하러 안 오거든. 호들갑 떨며 사 간 사람이 문제지."

주인은 그런 말을 하며 진저리를 쳤다. 그런 후 내게 까다롭게 구는 사람이 차라리 나으니 캐묻는 사람에겐 오히려 잘 대해주라는 말도 했다. 주인이 해준 말은 정말 하나도 틀리지 않았다.

상가의 작은 잡화점은 마치 시계처럼 매일 비슷한

시간대에 비슷한 일들이 일어났다. 물론 시계 안의 톱니들이 부지런히 돌아가는 것을 시계를 찬 사람들이 생각하지 않듯, 아사셀에서 내가 부지런히 톱니를 돌리는 것이 특별한 일은 아니었다. 그래도 나는 가끔 아사셀에서 일을 마치고 집으로 돌아올 때면 내가 일을 했다는 사실이 말할 수 없이 감격스러웠다. 차가운 차창에 뽀얀 입김을 불어서 '나도 퇴근한다'고 적고 싶을 때도 있었다. 우리 옆 상점은 명품 시계 수리점이었다. 주인 할아버지가 하루도 쉬지 않고 시계를 수리하는 것을 유리 너머로 볼 때마다 나는 이 세상이 시계 안이라면 나는 제대로 돌아가지 않는 부속품일 것이고, 수리공의 은총 덕에 버려지지 않고 다른 톱니들 틈에 껴서 살아가고 있는 거라고 생각했다.

나는 지금 아사셀에서 이 글을 쓴다. 화요일 오후엔 손님이 없기 때문이다. 물론 월요일이나 수요일도 손님이 없고 화요일 아침이나 화요일 낮에도 손님이 없지만, 화요일 오후에는 특히 더 손님이 없다.

"화요일은 오후 내내 한가하니 책도 읽고 그래요."

그래서 나는 화요일이면 글을 쓴다. 책을 읽지는 않는다.

그리고 글을 쓰면서 종종 생각했다. 정말 손님이 오는지 안 오는지 확인해야겠다고. 그리고 정말로 이곳에서 일한 여름과 가을, 겨울을 앞둔 지금까지 화요일엔 단 한 명의 손님도 없었다.

그러니까 나는 오늘 같은 화요일에는 결단코 오지 않을 게 분명한 손님을 기다리고 있는 기분이다. 어떤 날은 아나무스 씨가 수강생들을 데리고 매상을 올려주러 올 것 같고, 어떤 날은 엄마와 제리미니베리가 올 것 같고, 어떤 날은 아빠와 삼촌이 올 것 같다. 그리고 어떤 날엔 그런 생각을 한다. 영원히 돌아올 수 없는, 이미 세상을 떠난 사람들이 올 것 같다고. 다시는 원더타운에서, 합정에서, 구반포에서, 그리고 어디에서도 만날 수 없는 사람이 발소리를 내며 걸어올 것 같다고.

9장

그리고 무조건 이모

자, 이제 이야기의 처음으로 돌아와서 나의 미사엘 이야기를 좀 해야겠다. 어떤 사람들은 미사엘에 어떤 마법적 힘이 있기를 원할 것이다. 그리고 이야기를 정말 그렇게 엮는다면 당신은 나를 매력적으로 볼 수도 있을 것이다. 하지만 있는 그대로 쓴다면 누군가는 내가 정신이 나갔다고 말할 것이다. 그리고 내가 일부분은 쓰고 일부분을 쓰지 않는다면? 그렇다. 그게 가장 좋은 방법이다. 소설은 어떤 일부분을 가지고 모든 것을 말하거나 모든 것을 보여주는 척하며 아주 중요한

한 가지를 숨길 수 있다.

나는 이 소설의 작법을 고민하기 전에 내 기억의 힘을 따르기로 했고, 진짜 그렇게 했다. 실제 나의 삶은 소설과 많이 다르다. 소설에 등장하는 일들은 내 삶의 한 조각에 지나지 않는다. 나는 심지어 꼭 써야 할 것 같은 이야기도 적지 않았다.

예를 들면, 우리 옆집에 살며 점심 식후부터 해지기 전까지 우리 집 거실에 머물렀던 이웃집 제오니 씨나 내가 잠시 다니던 드럼 학원의 방화 사건 같은 것, 마로니가 망각에 빠진 스토커에 의해 살해당한 것이나 아나무스 씨가 밤리단길 골목에서 도사견에 물릴 뻔한 나를 구하느라 다리 살점이 뜯겼다는 이야기도.

그것은 대부분의 사람들이 느끼기엔 엄청난 사건일지 모르지만, 소설을 쓰기 위해 자리에 앉는 순간 모두 휘발되어 버렸다.

나는 다시 이야기의 한 부분으로 돌아가 미사엘에 대해 쓰고자 한다.

내 인형 미사엘이 빗방울에 눈을 번쩍 뜨고, 내가 노크 소리를 듣고, 삼촌이 문을 열고, 엄마와 아빠가 치우던 접시를 든 채 얼어붙고, 엄마와 똑같은, 적어도 우리가 보기엔 너무나 엄마를 닮은 메리 소이가 빨간 코트와 흰 모자는커녕, 샤넬 트위드재킷에 청바지 그리고 입생로랑 가방을 메고 서 있었다는 것, 그리고 푸마 운동화를 신고 있었다는 것.

나는 그 장면을 그릴 수도 있다. 내가 앞에서 기술하지 않은 듯한데 나는 젠탱글 중독 때문에 반년 동안이나 상담 치료를 받아야 했다. 아마 젠탱글 중독자는 전세계에 나와 아나무스 씨밖에 없을 것이다. 하지만 아나무스 씨는 그놈의 젠탱글 강의로 유명해져서 대만에서 전시회도 열었고 아나무스 씨가 젠탱글을 그리는 라이브 드로잉 동영상은 유튜브에 검색만 하면 언제든 찾아볼 수 있다. 영상을 본 사람은 아나무스 씨가 소설에 묘사된 것과는 달리 멀쩡해 보여서 놀랄 테지만, 그의 인터뷰를 조금 더 보면 곧 내가 말한 의미들을 이해할 수 있을 것이다.

나는 사실 많은 걸 알고 있다. 분명히는 아니지만 대략 모든 것을 알고 있다. 우선 내가 엄마와 아빠의 딸이 아니라는 것, 그렇다고 삼촌의 딸도 아니라는 것, 당연히 마로니의 딸도 아니라는 것, 그렇다고 네일숍 사장님의 딸도 아니라는 것(사장님은 나와 몇 살 차이 나지도 않는다). 이것이 드라마라면 분명 나는 아나무스 씨의 딸이어야 할 것이다. 그러면 이 이야기는 극적 효과를 가질 것이다. 아무도 내가 아나무스 씨의 딸이 아니라고 반박하거나 개연성이 없다고 생각하지 않을 것이다. 그런데 나는 안다. 아나무스 씨는 그냥 운 좋은 바보라는 걸 말이다. 아나무스 씨는 대체로 웃고 있는데 그건 미래를 걱정하지 않기 때문이다. 그는 과거의 모서리가 마모되어 좋은 기억만을 동그랗게 가지고 있다. 그러니 아나무스 씨는 죽는 날까지, 그렇게 살아갈 수 있다. 게다가 젠탱글 드로잉으로 알려졌다고 해도 아주 유명한 정도는 아니니 매니저도 필요하지 않을 것이고, 매니저가 없으니 매니저에게 사기를 당하지도 않을 것이다. 다행히도 그의 통장은 한때 증

권회사 간부였던 아버지와 초등학교 교사였던 어머니가 맡고 있어서 그가 돈을 탕진할 리도 없다. 내가 알기로 그의 부모는 세상에서 가장 의심 많은 노인들이니 보이스피싱을 당할 일도 없다.

나는 내가 아나무스 씨의 딸이 아닌 건 다행이라고 생각한다. 만약 딸이었다면 나는 내 생이 신파가 된 듯해서 조금 어색한 기분으로 거울을 보곤 했을 것이다. 거울을 보며 생각하겠지. 내가 희멀건한 건 아나무스 씨의 얼굴을 닮아서였구나, 내가 어딘가 멍청한 건 아나무스 씨의 뇌를 닮아서였구나, 내가 젠탱글에 빠져버린 건 아나무스 씨의 중독 성향 유전자 때문이었구나, 하고 말이다. (쓰다 보니 정말 나와 아나무스 씨는 너무 많이 닮았잖아!)

동네 사람들이 보기에 나와 아나무스 씨가 다른 점은 거의 없었을지도 모른다. 어쩌면 함께 젠탱글 수업을 들었던 동네 사람들은 원더타운 식당가 커피숍에 모여 온갖 이야깃거리를 찾다가 이렇게 말했을지도 모른다. "작은 아나무스 말이에요. 작은 아나무스를 모른다고요? 이 동네에서? 아유, 온종일 원더타운과 원더마트를 빈둥거리며 돌아다니는 그 애, 그 애요. 미래가 아나무스인 그 애요"라고 말이다.

나는 어릴 때 엄마가 나보다 미사엘을 더 소중히 여긴다고 생각했다. 엄마가 미사엘의 엄마일지도 모른다고 농담을 한 건 마로니였다. 그 말은 정말 그럴듯했다.

"드라마에서도 친딸이 인형인 적은 없잖아요?"

"친딸은 인형인데 그 딸을 돌봐줄 아이가 필요해서 아이를 딸인 척 키운다?"

"농담하지 말고요."

"못 할 것도 없지. 세상엔 마릴린 먼로가 살아 돌아온다고 해도 믿을 사람들이 존재하거든. 세상에 어떤 믿음들이 존재하는지를 알면 세상의 어떤 농담도 진실이 될 수 있다고 생각하게 될걸?"

마로니는 메모장을 열어 적기 시작했다. 떠오르는 말들을 잊지 않기 위해 간략히 적어두는 듯했다. 나는 마로니가 정확히 어떤 문장들을 적는지까진 보지 못했다. 나는 마로니가 유튜브를 보고 만들어준 밀크티 안의 쫄깃한 펄을 빨대로 빨아들이느라 하수구 속으로 물이 빨려 들어가는 소리나 내고 있었다.

그 후 그 이야기는 진짜 드라마가 되었다. 드라마 제목은 '딩동, 헬로, 달링'이었다.

그 드라마의 광고 문구는 '우리는 깨끗한 피를 마신다'였는데, 그 문구 때문에 '딩동, 헬로, 달링' 제작팀은 방송심의위원회에서 경고를 받았다는 공지를 해야 했고 공식 사과문을 발표해야 했다. 하지만 그런 노이즈 마케팅은 오히려 성공적이어서 사람들은 집단 최면에 걸린 듯 '딩동, 헬로, 달링'을 시청했다. 사람들은 그 어느 때보다 마로니 욕을 해댔고, 그 어떤 때보다 '딩동, 헬로, 달링'에 열광했다. 드라마가 방영되자 드라마 토크 게시판엔 작가가 제정신이 아니라는 식의 글이 언제나 베스트 댓글이 되었지만 마로니는 조금도 인격적 타격을 받지 않았다. 사람들이 욕하는 마영희는 마로니, 정확히는 하로니가 아니었으니까.

"아, 이럴 거면 보지 말든가!"

라고 외치며 조금 짜증을 낸 적은 있지만 말이다.

온 세상 사람들이 마로니가 미쳤다고 말했지만 나는 내가 아는 사람 중에 오직 마로니만 제정신이라고 생각한다. 마로니는 제정신이기 때문에 이 이상한 세상에서 한결같이 이상한 걸 써내고 한결같이 최고의 시청률을 확보할 수 있었던 거다.

'딩동, 헬로, 달링'의 내용은 이렇다. (만약 그 드라마의 결말이 알고 싶지 않으면 이 부분은 건너뛰길 바란다.) 아름다운 여인이 딸과 함께 타운 하우스에 입주한다. 그 딸은 늘 인형을 안고 다닌다. 여인은 늘 인형을 안고 있는 딸과 함께하는데, 결말은 인형이 딸이고 아이는 인형을 위한 노리개에 지나지 않는다는 것.

결말이 밝혀지던 날 모두가 마로니를 당장 죽여버릴 것처럼 미친 여자로 몰며 욕을 해댔지만 곧 마로니

176

의 다음 작품에 관심을 가졌다.

시청자들은 마로니가 새로운 드라마를 시작하면 1화부터 마지막 화까지 빼놓지 않고 볼 것이다. 그러려면 욕이 필요할 테니 사람들은 마로니를 위해 욕을 준비해 둘 것이다. 도무지 이해할 수 없는 불행과 무료와 허무에 대한 분노를 모아둘 것이다. 자신의 삶에서 도려내고 싶은 것들을 말이다. 그래서 사람들은 그녀가 다음 작품을 써주기를 간절히 바라는 것이다.

사람들은 마로니가 방구석에서 이상한 걸 먹으며 이상한 의식을 치르고 있을 것이라고 상상하며 자신의 삶에 위로를 얻었다. 하지만 마로니는 누구보다 평범하게 하루하루를 보냈다. 살아 있는 내내 그랬다. 살인이나 방화를 저지르는 대신 마로니는 제때 공과금을 내고 태연하게 가발을 쓰고 선글라스를 끼고서 나와 함께 원더마트에서 옷을 고르고 7층 행사장을 돌아다니며 만 원에 세 장짜리 팬티에서 가장 작은 사이즈를 찾곤 했다.

어느 오후 우리는 원더마트의 7층 행사장에서 건져 올린 요가복과 큐빅 박힌 조리가 든 쇼핑백을 주렁주렁 들고 네일숍에 갔다.

물론, 네일숍 사장은 마로니가 누구인지 눈치채지 못했다. 마로니가 선글라스를 끼고 정말 감쪽같이 새로운 가발을 쓰고 있었기 때문이다. 마로니는 언제나 같은 모습으로 방송에 나왔다. 단발에 노메이크업 그리고 운동화. 보통은 방송에 나갈 때 힐을 신고 메이크업을 하는데. 그걸 뒤엎은 것만으로도 사람들은 현실의 마로니를 알아보지 못했다. 마로니는 이목구비가 뚜렷하지 않았고 체구나 음성도 무난했다. 유난한 무턱이긴 했지만 이 세상에 유난한 무턱은 얼마든지 많았다. 무엇보다 현실의 마로니는 누가 보아도 속된 사람이었으나 방송에서의 마로니는 순박하고 어딘가 한쪽으로 많이 치우쳐 있는 세상 물정 모르는 사람으로 보였다. 만약에 마로니가 언론을 피했다면 오히려 사람들이 관심을 가졌을 테지만, 마로니는 드라마 제작 발표회나 인터뷰에 적당히 참석해 아주 평범한 말들을 했다.

굉장한 사람이 어떤 관심도 받지 못한다는 건 굉장한 일이다. 마로니가 평범하고 다소 내성적인 작가처럼 굴었던 건 똑똑한 처사였다.

어쨌든 네일숍 주인은 또 유튜브 방송을 틀어놓은 채 떠들어댔다.

눈치를 보니 마로니는 네일숍 주인이 마음에 드는 모양이었다.

"난 요즘 사이코패스로 추정되는 남자를 만나. 완전 상또라이라고 볼 수 있지. 어젠 일 마치고 밤에 족발집에 갔었거든?"

"이 동네에 맛있는 야식 족발집이 있어요?"

"이 언니 이 동네 사람 맞아? 바리바리족발 몰라? 그런데 그 새끼가 뭘 훔쳐 왔는지 알아?"

당연히 우리가 알 리가 없었다.

"이쑤시개, 통째로! 이쑤시개 같은 새끼."

우리가 동시에 웃음을 터뜨렸다.

주인은 이쑤시개를 훔친 것과 사이코패스의 연관성

에 대해 우리가 모르는 걸 보면 세상 편하게 산 인생이 분명하다고 말했는데, 그 얘긴 지금에 와서도 이해할 수 없다. 거기에 어떤 비약이 존재하는 걸까? 말하지 않은 부분을 이해할 수 없는 것. 오해의 여지가 많은 것. 그것이 내가 그 네일숍에 가는 이유였는지도 모른다. 마치 화면을 건너뛰며 보는 영화처럼 네일숍 사장의 말들은 간혹 왜 그렇게 연결된 건지 알 수 없었고 그래서 흥미로웠다.

"만약 이쑤시개로 살인을 하는, 혹은 사기라도 치는 주인공이 나온다면 말이에요."

내가 왜 그런 말을 꺼낸 걸까. 마로니와 주고받던 말버릇이었지만 마로니와 사장이 함께 있을 때 하기엔 적절하지 않았다.

"그런 막장 드라마는 마영희 같은 작가나 쓸 수 있을걸."

주인이 말했다.

나는 어지간한 일에 놀라는 편이 아니었지만, 그땐 가슴에서 무언가가 철렁하고 떨어져 내리는 기분이었다. 양 손바닥이 금방 축축해졌다.

이 상황이 주인이 말한 대로 막장 드라마이고 마로
니가 드라마의 주인공이라면 마로니는 자기를 욕하는
네일숍 주인에게 뭐라고 말할까?

1. 막장 드라마가 그렇게 쉬워 보이면 네가 써보시
   지? (이럴 경우 시비가 일어나고 경찰이 오고 민
   사소송에 휘말린다.)
2. 마영희가 어떻게 쓰는데요? (이럴 경우 적당한
   선에서 호기심이 충족된다.)
3. (총부리를 겨누며) 마지막으로 남길 말은? (이
   럴 경우 마로니는 살인자가 되고 쫓기는 신세가
   된다.)
4. 맞아요. 그런 형편없는 건 마영희나 쓰죠. (이럴
   경우 마로니는 자괴감에 빠지고 나는 죄책감에
   빠진다.)
5. 그 작가 정말 대단하죠. 시청률을 보세요. (이럴
   경우 나와 마로니 모두 더 큰 자괴감에 빠진다.)

그리고 나였다면? 내가 쓴 작품에 대해 누군가 그런 말을 했고 바로 앞에서 내가 들었다면?

나는 서둘러 말을 돌렸을 거다.

마로니는 아무 말도 하지 않았다. 물론 마로니의 침묵은 나와는 다른 이유였을 거다. 나는 당황해서, 마로니는 그런 말 따위엔 큰 관심이 없어서, 그리고 영리해서.

10장

먼지 조각 같은 것들

나에게는 동생이 있었고 지금도 있다. 앞으로도 특별한 일이 없다면 이 사실은 변하지 않겠지. 함께 사는데도 불구하고 앞의 이야기에 동생이 제대로 등장하지 않은 것이 내 의도라고 할 수는 없다. 하지만 의도가 아니라고 할 수도 없다. 아주 지극히 자연스러운 것이다. 어떤 사람이 무엇인가를 말하지 않았다고 해서 그것이 그에게 없다고 생각하면 안 된다. 마로니를 생각해 보면 그렇다. 각종 시술로 번쩍이는 피부, 바짝 마른 몸, 언제나 거실 입구에 쌓여 있는 쇼핑백, 한 번에 팬티를 60장이나 사버리는 무분별함, 뜯지도 않은 채 현관 앞에 쌓여 있는 택배 박스, 각종 가발, 천박한 고학력자의 이미지를 어디서도 찾아볼 수 없는 지극히 일상적인 어휘 구사력, 능숙한 사회성(드라마 토크 게시판을 보라. 모두 마영희를 사회부적응자로 몰고 있다), 각종 투자 간담회의 앞자리에 앉아 있는 경제 인지력.

하지만 마로니의 친구인 삼촌과 나 외엔 마로니의 그런 면을 거의 모를 것이다. 마로니에게 다른 친구들이 있었는지는 알 수 없기에 확언할 수 없지만.

마로니가 결혼까지도 생각했던 남자 친구와 헤어진 이야기를 잠시 적어본다. 마로니는 이 이야기를 내가 떠들고 다녀도 상관없다고 했으니 내 일은 아니지만 여기 적어도 괜찮을 거다. 마로니는 혼담이 오간 뒤에야 남자 친구의 대방동 집에 가볼 수 있었다. 남자 친구는 서른이 넘었지만 부모님과 함께 살고 있었다. 세대수가 꽤 되는, 지어진 지 오래되었지만 관리가 잘된 아파트였다. 아파트 내부는 비록 낡았지만 재질이 좋

은 가구들이 헐렁한 간격을 두고 놓여 있었다. 소파 뒷
벽엔 가족사진이 걸려 있었다. 부모님이 팔걸이가 있
는 엔틱 의자에 앉아 있고 남자 친구와 결혼 전인 남자
친구의 누나가 부모님 어깨에 손을 얹고 뒤에 나란히
서서 웃고 있는 평범한 사진이었다. 한때 그런 구도의
사진이 한국을 쓸고 지나갔다. 사람들은 일렁이는 스
크린을 배경으로 '김치, 치즈, 스마일'을 외쳤고, 물소
가죽 소파 위편에 요란한 프레임의 액자가 걸렸다.

사진을 자세히 들여다보던 마로니는 남자 친구의
아버지가 강아지를 안고 있는 것을 뒤늦게 발견했다.

"강아지 키웠었나요?"라고 마로니가 물었고, "네,
이젠 개가 됐죠"라고 남자 친구가 말했고, 때마침 개
짖는 소리가 현관 앞에서 났다. 그저 평범한, 마로니의
표현에 따르자면 일일드라마에서 전형적인 부모 역의
단골 배우 같은 인자한 인상의 중년 부부가 등장했다.
이제 막 산책을 마친 개와 함께.

"벌써 도착했니?" 남자 친구의 어머니가 말했고,
"산책을 시켜야 얌전할 것 같아서"라고 남자 친구의

아버지가 말했고, "아이고, 반가워요. 야무지게 생겼네"라고 그의 아버지가 말했다. 마로니는 그제야 인사를 했고 조금 더 인사말이 오갔다. 부모님은 마로니에게 샤부샤부와 월남쌈을 저녁 식사로 대접했다. 처음 만난 남자 친구의 부모님 앞에서 월남쌈을 싸서 먹는 일은 번거로웠다. 라이스페이퍼를 물에 넣었다 빼며 마로니는 남자 친구와 헤어져야겠다고 생각했다. 그러자 마음이 편해졌다. 라이스페이퍼에 파프리카와 볶은 고기와 파인애플 다진 것을 넣고 돌돌 말아 땅콩 소스에 찍는 일이 재미있게 여겨졌다.

집으로 돌아오는 길에 마로니는 왜 개를 키운다는 말을 한 번도 하지 않았는지 남자 친구에게 물었다. 그는 이렇게 말했다. "우리 집에 오래된 턴테이블이 있다는 건 말했던가?" "나는 그런 의미로 물은 게 아니잖아"라고 마로니가 말했고, 남자 친구는 "의미도 없는 이야기로 왜 화를 내냐"고 말했다. 그리고 몇 마디가 더 오간 뒤에 마로니는 "헤어지자"고 말했다. 남자 친구는 "대체 집에 늙은 개가 있다는 이유로 헤어지자는 여자가 어디 있냐"고 따졌다.

"어머님이 락앤락 통에 싸 주신 열무김치를 깜빡 잊고 들고 왔지 뭐니? 집에 와서야 알았어."

마로니가 말했다.

나는 마로니에게 "오래 함께한 개를 말하지 않은 건 꽤 이상한 일이긴 하지만 결혼을 약속한 사이에서 그 정도 일은 너무 사소한 일 같다"고 말했다. 마로니는 "결혼을 약속한 사이이기 때문에 조금도 사소하지 않아"라고 대답했다. 4년을 사귀는 동안 함께 사는 생명체에 대해 한 번도 말하지 않은 것은 끔찍한 일일 수도 있다는 것이었다. 또한 어떤 이유로 무언가를 숨겨야 했다면, 누군가를 보호하거나 매우 수치스럽거나 말하기 힘들어서 그랬다면 그게 무엇이든 이해할 수 있지만, 그냥 무관심해서거나 거기에 아무 이유도 없었다면 매우 위험한 일이라고, 언젠가 자신도 누군가에게 말해지지 않는 집 안의 턴테이블이나 윙 체어 같은 존재로 전락할 거라는 생각이 들었다고도 덧붙였다.

내가 동생 이야기를 적지 않은 게 동생을 턴테이블로 생각해서는 아니다. 이 비루한 이야기 속에 동생을 끌어들이고 싶지 않다는 생각 때문이기도 하고 동생의 삶, 동생의 성격적 특성들이 이 이야기와 너무나 이질적이기 때문이기도 하다. 마치 마카롱이나 케이크를 파는 디저트 카페의 메뉴판에 불고기덮밥이 있는 것과 비슷하다. 그렇다고 동생이 불고기덮밥 같다는 이야기는 아니다. 그저 거론하지 않는 게 소설의 구성상 옳았다는 얘기다.

게다가 동생과 나의 시간엔 곱하기는커녕 더할 만한 특별한 일도 없었다. 동생에 관한 이야기라면 공부, 입시, 대학과 관련된 것뿐이다. 어쨌든 이 소설에서 동생은 공부하기 위해 태어난 사람처럼 공부만 했다고 적어두기로 하자.

이제 엄마의 여동생인 소이에 대해 이야기할 거다. 나는 우리 엄마가 아주 이상한 사람이라고 생각해 본 적은 없다. 내가 유리컵을 깼다고 욕설을 내뱉지도 않았고, 그렇다고 서둘러 달려와 다친 데는 없냐며 호들갑을 떨지도 않았다. 다친 정도를 보고 적절한 도움을 준 뒤 조심해서 치워라 하고 말하는 정도가 다였다. 내가 과학 그림 그리기 대회에서 우수상을 받아 왔을 때나 피아노 콩쿠르에서 최우수상을 받았을 때도 무관심하지도 않았고 그렇다고 집안에 음악 신동이 났다고 호들갑을 떨지도 않았다. 고생했어, 뭐 먹을래? 하는 정도가 다였다. 엄마는 자주 멍한 표정을 짓곤 했지만, 그렇다고 슬픈 얼굴로 추억에 빠져 있지도, 들떠서 밖으로 나돌지도 않았다. 아빠와 애교 넘치는 애정 행각을 하지도 원수처럼 서로를 노려보며 으르렁거리지도 않았다. 엄마는 그냥 모든 일에 크게 반응하지 않았다. 심지어 집으로 쥐가 들어와도 딱 적당할 만큼의 비명만 질렀다. (다시 한번 말하지만 원더타운엔 쥐가 가장 큰 골치였다.)

정리해 보자, 일곱 살 된 동생 소이와 엄마는 인천의 송도유원지에 놀러 갔다. 디스코 팡팡과 바이킹을 타기 위해서. 사실 왜 하필 송도로 갔는지는 중요하지 않

191

다. 동생을 잃어버렸는데 서울랜드로 갔건 에버랜드로 갔건 무슨 문제겠는가. 그날 이후 다시는 누구도 엄마의 동생, 소이를 볼 수 없었다. 만약 당신의 동생이나 친구나 언니가 공중화장실에 들어간 뒤 나오지 않는다면? 분명 꼼짝하지 않고 문 앞에 서 있었는데 영원히 만날 수 없게 된다면, 당신은 어떤 생을 살게 될까?

만약 동생이 사라진 장소가 인형 가게나 사탕 가게였다면 조금은 달랐을지도 모른다. 판타지의 영역 안에 동생을 안전히 숨길 수 있기 때문이다. 그에 대해 엄마에게 말을 꺼내본 적은 없지만, 나는 그 장면을 상상할 때 그편이 조금 덜 슬플 거라고 생각했다. 그 생각은 지금도 변함없다.

언젠가 마로니가 소이 이모 사건을 두고 이렇게 말했다. "모든 것을 의심해 봐야 해."

마로니는 처음으로 돌아가서 질문해야 한다고 말했다.

예를 들면 둘이 함께 송도 유원지에 간 것이 사실인

가, 셋 또는 혼자는 아니었나, 만약 둘이 갔다면 정말 엄마는 한순간도 눈을 떼지 않고 화장실 앞에 서 있었을까? 같은.

기분 좋은 의심은 아니었지만 나는 마로니의 이야기를 더 듣고 싶었다.

"의심하기로 했으면 다 해봐야 해. 나아가서는 엄마에게 동생이 있었는지까지도. 엄마의 가족사진을 본 적은 있어?"

"소이 이모가 포함된 가족사진은 본 적이 없어요. 집에 홍수가 나서 가족사진첩은 물에 젖어 소용없게 됐고, 소이 이모 사진은 한 장만 남았다고 들었거든요."

"소이가 정말 있었다는 다른 증거는?"

"생각 안 해봤어요."

블라디미르와 에스트라공이 고도를 기다린 것처럼 메리 소이를 기다리는 일은 우리 가족에게 매우 중요한 일이었다. 물론 내가 열세 살을 넘길 무렵부터 메리 소이는 사진 속 캐릭터일 뿐이고 엄마는 캐릭터에 푹 빠진 미친 사람이라고 생각하기도 했다.

엄마는 너무 자주 메리 소이 이야기를 했고, 그때마다 나는 미사엘을 더 만지작거려야 했으니까.

"네 엄마를 의심하라는 게 아니야. 이게 드라마라면 다 의심해야 하거든. 사람들은 드라마에선 조금만 아귀가 안 맞아도 난리를 치면서 자기 삶은 온통 미스터리로 남겨두고도 당연하다고 생각해. 그러니 의심해 봐야지. 심지어 네 엄마가 진짜 네 엄마인지까지도."

나는 내가 엄마의 친딸이 아니라는 것을 알고 있었다. 나는 아빠가 엄마와 만나기 전에 이미 내가 있었다는 것을 알았다. 사촌들이 하는 말을 들었기 때문이다. 그것도 아주 어릴 때.

하지만 나는 내가 엄마의 진짜 딸이라고 생각한다. 친딸과 진짜 딸 중에 고르라면, 나는 진짜 딸을 고를 거다. 진짜, 진짜가 중요하다.

내가 엄마의 친딸이 아니라는 것을 우리 가족 모두 알고 있었지만 우리 가족 모두 모르는 척 두었다. 마치

주저앉고 있는 2층 천장에 대해 아무도 신경 쓰지 않게 된 것처럼.

나는 마로니에게 그 부분에 대해서는 말하지 않았다. 그래서 나는 마로니와 내가 서로에게 가장 가까운 친구였음이 분명하지만, 마로니도 내게 말하지 않은 것들이 있을 거라고 생각한다. 그 생각은 지금도 여전하다. 이제 마로니는 세상에 없다. 삼촌이 마로니가 죽은 뒤 어디로 갔을까에 대해 말한 적 있지만 나는 별다른 대꾸를 하지 않았다. 나중에 네일숍 주인은 종종 숍에 왔던 마로니가 마영희였다는 것을 알고 가족이 없는 마로니의 유산 문제에 의문을 가졌지만 나는 그에 대해서도 대꾸하지 않았다. 물론 다시는 그 네일숍에 가지 않았다.

나는 마로니의 죽음에 대해 말할 준비가 되어 있지 않다. 다만 내 삶 어딘가에 영원히 열 수 없는 문이 하나 생긴 기분이다. 나는 그 문을 이따금 보지만 아주 오래 그 문을 열 수 없을 것이다. 어쩌면 엄마에게 메리 소이가 그런 문이었는지도 모르겠다. 나는 말할 수 있는 슬픔보다 더한 슬픔 앞에서 내가 할 수 있는 것을 그저 할 뿐이다. 마로니와 함께한 몇 가지 순간을 적는 것. 아무렇지 않게. 마치 완전히 허구로 이루어진 소설처럼.

다시 웨하스 상자에 '찾아주세요' 광고가 나오기 시작한 시점으로 돌아가 집으로 찾아온 사람들 이야기를 꺼낸다면 끝도 없을 것이다. 그건 마치 싸구려 장식으로 가득한 식당의 대기실과 다를 게 없다.

일산의 한구석에는 맛있는 음식점이 밀집한 동네가 있다. 마로니가 살아 있을 때도 있었고 마로니가 떠난 뒤에도 있다. 낮고 낡은 건물들, 대중교통이 다니지 않는 좁은 도로, 누구의 통제도 받지 않고 멋대로 세워진 간판들, 촌스럽고 조악하고 역겨운 건물 외관에도 불구하고 그 식당들 앞엔 늘 사람들이 대기하고 있었다. 나도 가족과 그 동네에서 보리굴비집과 쌈밥정식집, 칼국수 전문점에 간 적이 있다. 그 외에도 여러 번 그곳에 가보았는데 음식 가격은 싸지 않았고, 장신구들 대부분은 싸구려였다. 못난이 삼 형제나 악기를 연주하는 천사들, 다양한 포즈의 고양이 5종 세트, 축 늘어진 강아지 한 쌍, 나일론 개나리와 나일론 코스모스가 함께 꽂힌 화병, 항아리에 꽂힌 나일론 해바라기 따위의.

내 말은, 우리 집 벨을 누르거나 문을 두드린 메리소이들에 대해 말하는 것과 그 식당들에 놓여 있던 조악한 장신구에 대해 말하는 것이 같다는 거다. 식당 주인들은 장신구가 없는 게 더 낫다는 걸 모른다. 왜냐하면 모든 식당이 그러니까. 의심해 본 적 없으니까.

엄마의 동생들이나 내 학교 친구들이, 그리고 메리소이들이 하찮은 싸구려 장신구라는 의미는 아니다. 설마 그럴 리가. 그저 이상하거나, 진지하거나, 사기꾼이거나, 망상에 빠졌거나, 생을 포기했거나, 한몫 챙기려 했던 그들의 서사가 내 이야기 안에서 없는 게 더 낫다는 거다.

　나는 그들의 서사 대신 마로니와 같이 문장 컵을 구경하던 날을 떠올린다. 그것은 내게 식당의 메뉴판보다 훨씬 더 중요한 기억이다.

　"넌 메리 소이가 돌아올 거라고 생각한 적 없지?"

　원더마트에서 열린 소상공인 수작업 인테리어 소품 클리어 세일 행사장에서 머그잔을 고르고 있던 내게 마로니가 갑자기 물었다.

　머그잔마다 다른 문장들이 써 있어서 우린 그걸 하나씩 집어 들어 살피고 있던 중이었다.

　"대답해 봐."

　마로니가 '빗방울처럼 너를 기다리는 시간'이라고 써 있는 머그잔을 어루만지며 다시 말했다.

　"우린 모두 메리 소이를 기다렸는걸요?"

　나는 '고통 없는 사랑도 있으리라'라는 문장이 써 있는 머그잔을 마로니에게 보여주며 말했다.

　"아니, 내 말은 너 말이야. 은수, 너."

　마로니는 '빗방울처럼 너를 기다리는 시간' 머그잔

을 내려놓고 나를 보았다.

"내가 태어나기 전부터 엄마는 늘 메리 소이를 기다렸어요."

"그러니까 나는, 너도 메리 소이를 정말 기다렸는지 묻고 있는 거야."

"기다린 것 같아요. 기다렸으니까요."

"이거 봐, '네가 사과 바구니를 들고 온다면'이라고 써 있어."

"여기 이런 것도 있어요. '10분만 더 집중'이래요. 수험생을 위한 건가 봐요."

우리는 컵을 하나하나 들고 글귀를 읽었다. '꽃처럼 웃어봐'와 '나의 영원이 되어줄래?'를 빼곤 모두 다른 문장이었다. 다행히도 마로니는 얘기를 이어가지 않았다. 하지만 나는 그 후로 종종 어쩌면 내가 메리 소이가 돌아오기를 정말로 원한 적이 없었을지도 모른다고 생각하게 되었다. 그러니까 나는 메리 소이를 기다리는 삶에 동참하고 있었지만 정말로 메리 소이가 돌아올 거라고 믿은 적은 없었을지도 몰랐다.

그날 나도 마로니도 문장 컵을 사지는 않았다. 우리는 지루한 시간을 어떻게든 건너뛸 생각으로 매장을 돌아다니며 물건을 집어 들고 가격이나 원산지를 보고 품평을 했다. 우린 틈만 나면 원더마트에 들렀기 때문에 어떤 물건이 어디에 놓여 있는지 낱낱이 알고 있었고 가끔 익숙한 매장이 새로운 매장으로 교체되기 위해 공사라도 들어가면 뭐가 들어올지 기대하며 오픈 준비 가림막 앞에 서 있곤 했다. 마치 연극이 시작되기 직전에 가장 앞좌석에 앉아 자주색 벨벳 막을 바라보는 아이들처럼.

이 이야기의 완전한 끝 지점에 서서 나는 이렇게 생각한다.

내가 메리 소이를 기다렸건 기다리지 않았건 메리 소이를 끝없이 기다리고 살았던 것은 내 삶에 굉장한 안정감을 주었다고. 늘 변하지 않을 한 가지를 가지고 있다는 것은 정말 괜찮은 일이었다고.

그러니 이제 우리 곁에 있는 메리 소이가 진짜인지

아닌지는 내게 조금도 중요한 일이 아니다. 그리고 모든 소동의 표면 아래 마치 거대한 빙하 덩어리같이 존재하는 내면의 서사는 마로니, 세상을 비웃기라도 하듯이 아무 이야기나 쏟아냈지만 나를 내 삶에 촘촘히 붙어 있게 한 마로니 그 자체다.

우리는 원더타운을 떠나야 했다. 우리 가족 중 원더타운을 떠나고 싶어 한 사람은 아무도 없다. 그건 원더타운 이웃들도 마찬가지였다. 마로니가 살아 있었다면 가장 반대했을 것이다. 콧물을 흘리며 울어대는 아나무스 씨를 엄마와 아빠가 안아줬고 엄마의 사촌이 누군가를 원망하는 말을 내뱉긴 했지만 아무도 우리를 붙잡아 둘 수는 없었다.

우리는 무너져 내리는 천장이나 고장 난 현관 벨을 고칠 필요도 없었고 빗물에 때가 탄 메리 소이 동상을 처리할 필요도 없었다. 기념으로 내가 현관문의 딸기 손잡이를 떼어내려 했지만 엄마는 그러지 말라고 했다. 그래서 우리 가족에게 남은 것은 오직 기억밖에 없다. 그래도 웹사이트에서 검색하면 사진들은 남아 있다. 인증 사진을 찍은 사람들이 올려둔 과자 집 같은 우리 집 풍경, 제리미니베리가 마스크를 쓰고 방문객들과 손 하트를 만들고 있는 장면, 그리고 구글 지도에 나오는 마로니의 집과 우리 집.

이것이 영화라면 마지막 장면엔 사진들이 나올 것이다. 첫 번째 사진엔 나와 마로니와 삼촌의 모습이 담길 것이다. 마로니가 방아깨비처럼 허리를 젖히며 웃어대느라 심령사진처럼 흔들려 있고 삼촌은 식혜병을 품에 안고 있는 장면으로. 그리고 트리 앞에서 방문객들과 인증 사진을 찍고 있는 제리미니베리를 집 안에서 창문으로 보고 있는 내 모습도 넣을 것이다. 나는 미사엘의 얼굴이 다른 이들에게 잘 보이도록 안고 있을 것이다. 엔딩크레디트가 올라간 후 다 같이 노래를 부르며 춤을 추는 장면도 들어갈 것이다. 그때 반드시 마로니는 공중제비를 돌 것이고 그러다가 붕 날아오를 것이며 뒤이어 미사엘을 안고 있던 나도 덩달아 날아오를 것이다. 그리고 우리 집 앞에 동상으로 서 있던 메리 소이가 삐걱거리며 깨어나 진짜 메리 소이가 되면 엄마가 달려와 메리 소이를 힘껏 안을 것이고 그 순간 메리 소이는 진짜 메리 소이가 될 것이다. 그러면 2층에서 내려온 동생이 엄마의 손을 잡고 날아오를 것이다. 아빠는 엘피판을 양손 손가락에 끼우고 날갯짓을 하다가 헬리콥터처럼 날아오를 것이고 삼촌은 '사랑은 연결된다'라는 문구가 새겨진 스쿠터를 탄 채 날아오를 것이다. 아나무스 씨는 우리 집 벽에 젠탱글 패턴을 그리다가 날아오를 것이다. 제리미니베리는 조금 상스러운 가사가 포함된 랩을 하다가 진짜 메리 소이와 함께 날아오를 것이다. 그렇게 우리 모두 날아오를 것이다. 천사처럼. 먼지에서 태어난 우리는 먼지가 될 것이다.

그러나 이것은 소설이다. 날아오르는 소설도 있겠으나 이건 그런 소설이 아니라서 나는 조금 슬프다. 우리가 날아오를 수 없어서. 함께 날아오를 수 없어서.

나는 그런 소설을 쓸 수 있는 사람이 아니라서 슬프고, 내가 원더타운과 원더마트의 이방인이 된 것이 슬프다.

하지만 나는 잡화점에서 아주 사소한 물건들, 잠옷, 실내 슬리퍼, 크리스털 손잡이가 달리고 뚜껑이 있는 고급 밀랍 휴지통, 수입 법랑 냄비, 영국 티포트 세트, 캐시미어 숄, 일본산 양우산, 보랭병 같은 것들을 팔며 하루하루를 버티고 있다. 그리고 언젠가 내게 한 번은 이상한 일이 생기리라고 생각한다. 전혀 우스꽝스럽지 않은 장엄한 풍경을 만날 것이다. 그러면 나는 그런 소설, 우리 동네 사람 모두가 동시에 날아올라도 아무도 이상하다고 생각하지 않을 소설을 쓸 것이다. 하지만 내게 아직 그런 일은 일어나지 않아서 그냥 가만히 하루를 보내는 중이다. 점심으로 도시락을 싸 오고 간식으로 봉봉 초콜릿을 까먹고 월급날엔 집에 가서 배달 음식을 시켜 가족들과 먹으면서 말이다.

조금도 이상하지 않은 하루를.

당신처럼.

작가의 말

나는 젊은 시절 시장이나 백화점 구경을 좋아했다.
사과, 딸기, 주전자 같은 것들이 반짝거리며 가지런히
놓인 모습을 좋아했다. 베개와 이불 앞에선 물건을 살
마음이 있는 것처럼 오래 기웃거렸다. 찐빵이나 만두
에서 피어오르는 김을 넋을 놓고 구경하기도 했다. 모
르는 사람들이 물건을 팔거나 사느라 서로 말을 주고
받는 것을 보거나 듣는 것도 좋아했다. 나는 가격표에
붙은 물건값을 헤아리거나 원산지나 성분표를 읽으며
시간을 보냈다. 젊은 시절 나는 뭘 할지 몰라서 사람들이 많은 곳을 떠돌았다. 나는 물건을 팔고 사는 사람들 속에 있으면 우리 모두 내일을 기다리는 것 같아서 기분이 나아졌고 세상 어디에도 쓸모없을 것 같은 내가 이 땅에서 역할이 적은 배역을 하나 맡고 있고 그걸 잘 해내고 있는 사람처럼 생각되었다.

그러면 내가 진짜 세상에 붙여진 작은 스티커 조각 같다는 느낌을 잠시나마 지울 수 있었던 것 같다. 아직도 나는 가끔 그런 생각을 한다. 내가 원본 세계에 붙은 콜라주된 작은 스티커 조각은 아닐까 하는 생각 말이다.

또 한때는 수도권 지역의 기도원들을 찾아다녔다. 낮이면 뙤약볕 아래 온종일 앉아 있고 밤이면 새벽까지 기도하는 사람들의 소리를 들었다. 젊은 시절은 그랬다. 어디에서 무얼 해야 할지 모르는 채로 떠돌아다녔다. 가끔 산까지 친구가 찾아와 요구르트를 주기도 했고 어느 교회의 권사님이 건빵을 주면 함께 먹으며 이야기를 나누기도 했다. 너무 심심하면 비둘기에게 말을 걸기도 했다. 분명 다른 일들도 많았을 텐데 나는 젊은 시절을 떠올릴 때면 시장과 기도원밖에 생각나지 않는다. 성전의 긴 의자에 레스포삭 가방을 베고 누워 잠들던 일밖에 생각나지 않는다. 가방 안에 들어 있는 물건들은 대부분 딱딱해서 돌을 베고 잠드는 기분이었다. 이제 나는 집에서 이불을 덮고 베개를 베고 잠이 들고 깬다. 나는 이불을 덮고 베개를 베고 누울 때마다 하나님께 감사한다.

언제든 내 글쓰기에 대한 이야기를 들어주고 기도해 준 남편과 아이들에게 감사한다.

오랜 시간 함께 기도해 온 박혜민, 임수민, 김준영에게 감사한다. 우리 교회 식구들에게 감사한다. 여러 가지 방법으로 쓰는 삶을 응원해 주는 친구들 임정진, 김진, 이복희, 송수연, 김민정에게 감사한다. 그동안 동화와 청소년 소설을 쓰고 그림책이나 만화책을 만들기도 했지만 소설은 처음이다. 게다가 나는 부족한 게 많아서 사랑의 빚을 많이 지고 살았다. 작가의 말이 소설보다 무거운 걸 이해해 주시기를.

　꽤 오래전 김준섭 편집자가 아직 청년일 때의 일이다. 그는 내가 참여한 세미나에 '광인 수술 보고서'를 읽고 찾아왔고 내가 소설을 쓰면 좋겠다고 말했다. 그때 우리가 다시 만나게 될 줄 몰랐지만 결국 이렇게 되었다. 읻다 출판사의 김현우 대표에게 감사한다. 무엇이든 써보라고, 어떤 것이든 내주겠다고 했는데 정말 그 말 때문에 나는 이 소설을 쓰게 되었다. 책을 만들며 즐거운 시간을 함께 쌓아온 최은지 편집자와 이해임 편집자, 그리고 박서우 디자이너에게 감사한다. 우리는 제목을 고르지 못해서 결국 오랜 회의 끝에 제비뽑기를 했다. (이 책은 '제리미니베리'가 될 뻔했다.) 추천사를 써주신 무루 선생님의 다정함에 감사드린다.

　나는 언젠가 사랑하는 이들과 손을 잡고 날아오르고 싶다. 우리는 허공에서 공을 주고받으며 웃어댈 것이다. 나는 공놀이를 마치면 이 소설을 호주머니에서 꺼내 팔랑팔랑 흔들 것이다. 그러니까 이 소설은 그러려고 쓴 소설이다. 아주 가볍게.

2024년

송미경

메리 소이 이야기

발행일　2024년 5월 3일 초판 1쇄

지은이　송미경
편집　김준섭 · 이해임 · 최은지
디자인　박서우
제작　영신사

펴낸곳　읻다
펴낸이　김현우
등록　제2017-000046호. 2015년 3월 11일
주소　(04035) 서울 마포구 양화로11길 68 다솜빌딩 2층
전화　02-6494-2001　팩스　0303-3442-0305
홈페이지　itta.co.kr
이메일　itta@itta.co.kr

ISBN　979-11-93240-35-9 03810